Leona Riemann

Hunsrücker

Band 3

Leona Riemann
17.11.2019

Verlag Hunsrücker

ISBN 978-3-00-062841-2

Lektorat: Jean Collin, Herrstein
Grafiken: Laura Willems, Saarbrücken
1. Auflage: 800 Stück, September 2019
Einbandgestaltung: PRINZ-DRUCK Print Media
Satz: PRINZ-DRUCK Print Media
Druck: PRINZ-DRUCK Print Media
Printed in Germany

Kontakt: www.leona-riemann.de

Vorwort

Noch mehr Hunsrücker? Hat es nicht bald genug davon?

Tatsächlich bin ich selbst überrascht, in welche „Welten“ mich jede einzelne Recherche führt.

Manchmal werde ich gefragt: Was ist das denn, ein „Hunsrücker“? Ist denn jemand, der weder hier geboren noch hier gestorben ist– so wie der Eremit oder der Reformator Heinrich Barenbroich aus Band 1 – ein „Hunsrücker“?

Das beantworte ich eindeutig mit JA. Nicht nur, weil der „Berühmteste aller Hunsrücker“, Johannes Bückler alias „Der Schinderhannes“ ebenfalls weder hier geboren noch hier gestorben ist. Sondern weil es um das spezielle landschaftliche, politische und soziale Gefüge des Hunsrücks geht, in dem jeder einzelne „Held“ einer Erzählung zurechtkommen musste, und wo die Männer und Frauen ihre deutlichen Spuren hinterließen.

Die Eremitagen des 18. Jahrhunderts zum Beispiel sind für keine andere Region Deutschlands so charakteristisch wie für den Hunsrück. Warum hier – warum nicht anderswo? Also lohnt es sich, einen Blick darauf zu werfen, welche Besonderheiten der Hunsrück aufweist, die für die Lebensform der Eremiten attraktiv sind. Eremiten gründen keine Familien, verwurzeln sich nicht in ihrer Wahlheimat, verewigen sich nicht über ihre Kinder – aber ihre Lebensform hat zu ihrer Zeit den Hunsrück mitgeprägt. Davon zeugen die Kulturdenkmäler, die sie hinterlassen haben.

Dass ein gebildeter Intellektueller des 16. Jahrhunderts seine liebe Not hat mit der Sprache und der Mentalität der Region, in die das Schicksal ihn verschlagen hat, ist ebenfalls charakteristisch für den Hunsrück. Nicht jeder fand das Leben hier bequem! Wenn er aber – wie o.g. Hunsrücker Reformator aus Band 1 – breite Fußstapfen hinterlässt, indem er die ersten handgeschriebenen Kirchenbücher anlegt und damit die „Geschichtsschreibung des kleinen Mannes“ einleitet, ist das eine ungeheure kulturelle Leistung, die eben jenen kleinen Mann, seine Frau und den gesamten Hunsrück aus der Gottverlassenheit herauskatapultiert hat.

Einsamkeit ist ein Hauptthema in „Hunsrücker Band 3“. Da ist der ritterliche Minnesänger Wilhelm von Heinzenberg, dessen Sehnsucht unerfüllt blieb. Da ist der Eremit Fulgentius Opfermann, der sich der Einsamkeit verschrieb und sie auf dem Räzebore auslebte. Da ist Bertha, einsam im reichen Herrstein, wo es gelingt, dass eine Frau wie sie mit Schläue, Dreistigkeit und ganz sicher auch mithilfe bürokratischer Nachsicht die besser versorgten Bürger mit Unschuldsmine zum Narren halten kann. Und schließlich Wolfgang Erich Karl, der seine Identität mit allen Mitteln verschleiert hat, weshalb ihn niemand unter seinem Taufnamen kennt. Die Rede ist von Igor Ihloff, dem Hunsrück-Maler, der mit seinen skurrilen Gemälden reale Geschichten seiner Zeit darstellte und sie wie Traumbilder verewigte.

Matthias Josef Meurer, der Weber aus Löffelscheid, dessen Geschichte mir von seinem Ur-Enkel Heinz Meurer anvertraut wurde, war mit dem Glück, seine große Liebe leben zu dürfen, gesegnet. Und dennoch: Der Tod war schon immer ständiger Begleiter des Lebens auf dem Hunsrück, in einer Zeit, in der die Heuwagen zu hoch gestapelt und die ausgewaschenen Wege zu holprig waren. Einsamkeit kann auch das Ergebnis ewiger Treue sein!

Schließlich das Leben in den Waldhüttendörfern des Hochwalds, ein armseliges Leben, abgetrennt von der Gesellschaft, isoliert, nicht einmal toleriert. Einsamkeit bedeutet hier die Existenz auf engstem Raum in totaler Abgeschiedenheit. Stolz und Zukunftsangst empfindet, wer den Tag geschafft hat.

„Schreib doch mal was über Riegenroth und Kisselbach und das mit der Kirche“ – so sprach Anette Grings-Doffing mich an. „Das mit der Kirche“ geriet zum besonderen Abenteuer. Kirchen, Religionsstreitigkeiten, der wahre Glaube, der Kampf um das seelische „Gehaichnis“, den Ort, wo man behütet und beheimatet ist – ein Dauerthema in der Hunsrücker Kleinstaaterei zwischen Kur-Trier und Fürsten, zwischen Katholiken, Lutheranern und Calvinisten. So geriet der Wunsch Anettes zu einer wahrhaft ausufernden Recherche im „Dorf mit den zwei Geschichten“, und das ist Kisselbach. Bis heute wirken die 300 Jahre alten Verletzungen nach, u.a. im Planungsvorhaben eines neuen Friedhofs am Ortsrand anstelle des alten Kirchhofs, und auf dem Schönenberg in Riegenroth. Die ökumenische Gedenkstätte auf dem Schönenberg ist heute ein besonderer Ort, mit den geretteten Bruchstücken auf der wieder gepflegten, bewaldeten Fläche, der evangelischerseits neu errichteten unverputzten Mauer und den katholischerseits heimlich eingefügten kleinen Relikten kaputter Grabstätten – hier das Köpfchen einer Engelsfigur, da ein Fuß, dort ein Buchstabe aus einem alten Grabstein. Ein beispielhafter Ort der Vertiefung in leidvoll erlebte Vergangenheit mit versöhnlicher Zukunft. Ob letztere gelingt – liegt nicht zuletzt am Gestaltungswillen heutiger Hunsrücker!

Es bleibt genug zum Nachdenken, um sie zu verstehen, diese sehr besonderen, liebenswerten Hunsrücker!

Leona Riemann, Juli 2019

Inhaltsübersicht

kriegen und sie taufen lassen wollten. Genau das war – unmöglich geworden!
Für das Jahr 1698 berichtet die Chronik von 105 Einwohnern, davon 48 Katholiken im „Jenseits“. Das diesseitige Ufer teilten sich zwei lutherische Familien mit einer unklaren Zahl von calvinistischen und katholischen Familien, unklar vor allem wegen der hohen Zahl interkonfessioneller Mischehen, in denen die Kinder selten evangelisch, häufiger hingegen katholisch getauft wurden, was der großen Angst der katholischen Ehepartner vor Verdammnis in der Ewigkeit geschuldet war. Die protestantische Bevölkerung war demnach nicht in sich stabil. Namen und Herkunft vieler Ehefrauen im 17. Jahrhundert werden nicht angegeben, viele erscheinen als „N.N.“, manche mit dem Zusatz „Welsche“. Die auffallend häufigen Mischehen vor 1706 sind keinesfalls Zeugnis von Sorglosigkeit in Bezug auf die Konfession, sie sind Indiz für extreme Armut. Man kann sich heute nicht mehr vorstellen, dass man Menschen verhungert aus ihren Häusern tragen musste! Des armen evangelischen Mannes Chance auf Heirat war eine Frau ärmer als er selbst – und die fand er unter den katholischen Töchtern der wallonischen Erzarbeiter und Hausierer.
Als heutiger Leser der Dorfchronik ist man geneigt, den evangelisch-katholischen Streit als „Posse“ abzutun oder über den „kreativen“ Umgang der Dorfbevölkerung mit den Bedingungen zu schmunzeln. Man kann auch zu einem dritten Schluss kommen: Man kann vor der ebenso leidensfähigen wie „trotzigen“ Bevölkerung den Hut ziehen!
Peter Müller und seine Maria sowie alle anderen Personen sind authentisch, die Handlung ist frei erfunden.
Erzählung Seite 25

Die Frau des Löffelschnitzers

Ein Oktobertag im Waldhüttendorf Damflos, 1744

Ab 1697 begann der wallonische Unternehmer de Hauzeur mit der Inbetriebnahme zahlreicher Eisenhüttenwerke im Hochwald. Die Arbeiter rekrutierte er ebenfalls aus Wallonien, vereinzelt befanden sich auch Hunsrücker, Pfälzer oder Schweizer (Matthias Drießler, der Calvinist) unter ihnen. Sie arbeiteten als Erzgräber, Schmelzer, Holzfäller oder Köhler. Ihren Lebensraum bekamen diese Arbeiter dort zugewiesen, wo sie arbeiteten und die Leibeigenendörfer nicht störten: im Wald. Es entstand eine Vielzahl von „Waldhüttensiedlungen" für die „Rechtlosen", die sog. „Hintersassen". Mit zunehmender Reglementierung durch die Behörden und der Verelendung der Bewohner verkamen die Orte später zu „Barackensiedlungen".

Die vorliegende Erzählung beschreibt die Lebensbedingungen der Waldarbeiter in der Siedlung auf dem Dammfluss im Jahre 1744. Die Siedlung bestand damals aus fünf Familien Wenige Jahre später explodierten die Bewohnerzahlen in allen Waldsiedlungen. Das Hüttenwerk in Züsch, in Grenzlage zwischen Kur-Trier und Dürckheimer Herrschaft gelegen, war bereits 1737 stillgelegt worden. Einige Arbeiter konnten als Holzfäller und Köhler weiterhin in der Umgebung arbeiten, andere zogen zum Hüttenwerk nach Abentheuer, wieder andere suchten ihr Brot im „niederen Handwerk": Löffelschnitzer, Besenbinder, Bürstenmacher, Knopfmacher. Das heutige Damflos ist die Heimat der Löffelschnitzer. Alle Familien und Personen sind authentisch, von Matthias Drießler weiß man, dass er in geistiger Umnachtung starb. Die Erzählung von Barbaras Tag im Herbst ist frei erfunden.

Erzählung Seite 47

Die Einsamkeit des Minnesängers
Wilhelm III von Heinzenberg, 1262-1293

****

Herre, wenn sol ich si sehen
diu mir den lip betwungen hat?
In getars vor gote niht verjehen
als kumberliche und ez mir stat.
ich habte es gerne guoten rat
wie ich zer schoenen sollte komen
diu mir die sinne hat benomen
Ir munt ist rot;
In gruowe ir an ir arme,
so bin ich tot.

****

Wer diese mittelhochdeutschen Verse und auch die zweite Strophe lesen will, braucht nur mit dem Bus nach Heinzenberg zu fahren und dort auszusteigen. An der Bushaltestelle der kleinsten Gemeinde von Rheinland-Pfalz wird er schnell fündig: Dort findet man das vollständige berührende Liebeslied des Minnesängers Wilhelm III von Heinzenberg nebst seiner erstaunlichen Übersetzung:

Oh Herr, wann soll ich sie wohl sehen
Von der ich ganz bezwungen bin?
Ich wag's vor Gott nicht zu gestehen
Wie Kummer mir erfüllt den Sinn
Drum auch ich guten Rats gewinn
Wie ich zur Schönen möge kommen
Die mir die Sinne hat benommen.
Ihr Mund ist rot
Ruh ich nicht bald in ihrem Arme
So bin ich tot.

Bushaltestelle in Heinzenberg

Als Wilhelm 300 Jahre vor dem Führen von Kirchenbüchern geboren wurde, nahm man es noch nicht so genau mit dem Datum von Geburt und Tod und so sind die Geschichtsschreiber sich nicht ganz sicher, ob Wilhelm 1262 oder 1264 seinen ersten Schrei ausstieß. Aber ganz sicher war er sehr jung, als er 1293 starb: gerade einmal 30 Jahre alt ist er geworden. In dieser kurzen Zeit ist er über die Grenzen hinaus als einer der einzigartigen Hunsrücker berühmt geworden, verewigt unter Nummer 51 von rund 140 mittelalterlichen Minnesängern im „Codex Manesse", der umfangreichsten Sammlung der Minnekunst aus dem 12. und 13. Jahrhundert.

1156 tauchen seine Vorfahren, namentlich mit Friedrich I von Kirchberg, zum ersten Mal als Edelherren und Vasallen der Grafen von Veldenz auf dem Hunsrück auf. Dieser Friedrich I gilt als Erbauer der Heinzenburg; möglicherweise war die Burg aber auch das Werk seines Sohnes. Es handelte sich bei ihnen um einen Ritterorden, der u.a. in Zusammenhang mit dem „Wenden-Kreuzzug" zur Christianisierung der slawischen Gebiete gebracht wird. Die Heinzenberger waren also ein Rittergeschlecht par excellence, so wie man es von durchsetzungsfähigen Edelherren erwartete. Hinweise auf mögliche verwandtschaftliche Beziehungen zu den Herren von Schmidtburg, Sitters, Holfels, Bollenbach und den Boos von Waldeck enthält ihr Wappen: eine edelsteinbesetzte Schnalle, „Rinck" genannt, auf blauem Grund.

Auf dem Hunsrück verfügten sie über einigen Besitz sowie über einträgliche Lehen: Als Vögte zahlreicher Dörfer von Kirn bis nach Gemünden waren ihnen Leibeigene untertan, die für ihre Versorgung aufkommen mussten. Dazu erhielten sie die Schirmherrschaft über das Kloster Ravengiersburg, was ihnen neben Naturalien lukrative Einkünfte sicherte, zählbar in klingender Münze.

Die Lage der Burg vierzehn Kilometer von Kirn aus hunsrückeinwärts auf einer Anhöhe über dem Kellenbach in dichtem Wald ist für uns heute so romantisch, wie sie damals schwer zugänglich war: Über eine steile Steigung, befestigt mit senkrecht in den Waldboden getriebenem Schiefer, der den Hufen der Maultiere Halt gab, wenn sie die Lasten zur Versorgung der Burg hinauf schleppten, war die Burg erreichbar. Von einem Ort oder einem Dorf war nicht die Rede. Eine bäuerliche Dorfgemeinschaft hätte im dichten Wald nicht existieren können. Verbrieft ist neben der Burg nur „das Tal“. Wer sich „im Tal“ ansiedelte, gehörte zum Gesinde und lebte einen Alltag, der sich rund um die Bewirtschaftung der Burg und um das Wohlergehen der Familie des Burgherrn drehte.

Fuhrleute und Knechte, Handwerker und Dienstpersonal für alle Bereiche wurden auch von der Herrschaft kleinerer Burgen in großer Zahl benötigt. Instandsetzung von Treppenstufen oder Hofpflaster, die tägliche Beseitigung von Unrat, wie ihn Edelleute mit viel Gesinde für ihre luxuriösen Ansprüche von üppiger Küche über die Stallungen voll wertvoller Jagdrosse bis hin zu den Meuten der Bracken, Windspiele und der Bullbeißer nun mal hinterlassen, und natürlich die täglichen Besorgungen erforderten großen Aufwand. Knechte und Mägde fürs Grobe sowie persönliche Handlanger von der Kammerzofe bis zum Leibdiener waren nötig, um das Leben zwischen den schroffen Mauern einer Burg so angenehm wie möglich zu machen. Im Sommer mussten die Vorräte für den Winter über den Steilweg heraufgeschafft werden, Holzfuhrwerke, Getreidefuhrwerke, Ladungen voller Obst und Feldfrüchte zum Einlagern und Leckereien wie Honig und Nüsse, dazu Ochsenviertel und Schweinehälften und Pökelfleisch - alles musste herauf, Karren für Karren, und Wein, Fass für Fass.

Im Winter stellte die Warmhaltung der Burg mit ihren Fensterlöchern im Gemäuer, notdürftig mit Tierhäuten bespannt, wahrscheinlich das größte Problem des Alltags dar. Wo konnte man sich nur komfortabel aufhalten, wenn der Frost das Land im Griff hielt und der Wind durch die Ritzen des Gemäuers pfiff? Wie sich die Zeit vertreiben? Bei Brettspielen im Kerzenschein des Rittersaals? Verbrachten die Damen und Herren die längste Zeit in den Kemenaten? Zu Gast auf einem der oft wochenlang währenden Feste befreundeter Grafen ließ der Winter sich leichter überstehen; Gegeneinladungen sorgten für ein gutes Ansehen bei den Nachbarn.

Die Heinzenberger galten im mittelalterlichen Geflecht des niederen Adels als angesehenes Haus. Sie waren den Veldenzer Grafen und den Wildgrafen von Dhaun eng verbunden. Verwandtschaftliche Beziehungen gab es seit Beginn des 12. Jahrhunderts zu fast allen Häusern der zahlreichen Adelsfamilien der Umgebung. Ehrenaufgaben der Herren von Heinzenberg sind mehrfach belegt. So ist der Vater des Minnesängers für das Jahr 1263 als Schiedsrichter bei Streitereien zwischen Graf Conrad von Emich mit den Herren von Schwarzenberg dokumentiert.

In diese Gesellschaft hinein wurden in den Jahren 1262 bis 1264 die Brüder Wilhelm III und Johann I geboren. Als Kinder erlebten sie eine Erziehung in der ritterlichen Tradition. Sie wuchsen mit den kultivierten Ansprüchen ihres Standes auf, kannten nichts anderes als den Luxus einer Adelsfamilie in guter Nähe zu den Herren von Dhaun. Die Wildgrafen waren als feierfreudig bekannt. Sie luden gerne zu Ritterspielen und zu gut besuchten üppigen Geselligkeiten ein und protzten mit der exotischen Ausstattung ihres Schlosses: Bei jeder Geselligkeit neue Attraktionen, vom Gaumenkitzel bis zu allseits bestaunten Tieren. Berühmt geworden ist der „Affe von Dhaun“, einer unter wahrscheinlich vielen, die man sich neben anderen Exoten zur Belustigung hielt. Die Feste in Dhaun oder anderen Schlössern waren ein bewährtes Mittel gegen Langeweile, führten die heiratswilligen jungen Adligen zusammen, befriedigten die Lust nach kämpferischen Sensationen und die Lust auf Musik und lyrische Erzählungen von Liebe und Herzeleid.

Kein Zweifel: Wilhelm ist als Nachwuchs-Ritter nicht nur mit Reiterei und Jagd, sondern auch mit der musikalischen und lyrischen Kunst seiner Zeit in Berührung gekommen. Die Minnekunst hatte „Hits" hervorgebracht, die über ein Jahrhundert hinweg musikalisches Allgemeingut geworden waren, und mit denen der kulturbeflissene Adel sich jederzeit gerne unterhalten ließ. Und natürlich war man immer gierig auf Neues.

Die Brüder Wilhelm III und Johann I von Heinzenberg wuchsen in Luxus und Privilegien des höfischen Lebens hinein, und vermutlich wurden sie auch schon früh mitgenommen, wenn es daran ging, die Pfründe aus den Lehensdörfern einzutreiben. Sie erlebten, wie man rechtmäßige Forderungen an das Bauernvolk stellt und mit welchen Mitteln man sie durchsetzt: Hier zwei hohe Eichen von starkem Stamm, da eine Zahl Ochsen, dort etliche Malter Korn und nicht zuletzt die Silbergroschen aus dem Kloster Ravengiersburg.

Bei solchen Streifzügen gab es für die Herren außer Gewinn auch deftige Kost: Die Leibeigenen zitterten um ihre Vorräte, wenn die Herrschaft sich ankündigte, denn sie waren zur Beköstigung verpflichtet. Es wurde aufgetischt, was die Ställe und Parzellen hergaben. Mit Krügen voller Wein durfte nicht geknausert werden. Und – ja! Nicht nur um die Vorräte mussten die Leibeigenen bangen. Auch um ihre Töchter.

Adligen Besitz und Wohlstand zu wahren war den

Heinzenbergern über einhundert Jahre lang gut gelungen. Dann aber gab es erste Sorgen: Für das Jahr 1278 – da spross den beiden Stammhaltern gerade einmal der erste Flaum - ist vermerkt, dass sie ihre Burg dem Erzbischof von Trier zu Lehen auftragen mussten. Den erfolgreichen Vater hatte wohl das Zeitliche gesegnet, bevor er seinen heranwachsenden Söhnen das Handwerk eines Vogts vollumfänglich beibringen konnte. Herrische Auftritte mag man den beiden jungen Herren nicht abgenommen haben.

Ohnehin schien Wilhelm der rauen Seite des adligen Lebens nicht zugetan gewesen zu sein. Er entwickelte sich zum Feingeist: Er widmete sich der Poesie und machte den Schritt zum Unterhaltungskünstler seiner Zeit. Er wurde der Minnesänger von Heinzenberg.

Er war kein namenloser Spielmann, der nur die bekannten Minnelieder seiner Zeit bei Hofe vortrug. Mit Eigenkompositionen machte er sich einen Namen über seine Zeit hinaus.

Im „Codex Manesse“ ist er nur sechs Stellen nach Nummer 45, dem berühmtesten deutschen Minnesänger überhaupt, aufgelistet: Walther von der Vogelweide. Dieser wahre Gigant der Minnekunst hatte bereits 50 Jahre zuvor diese Welt verlassen, da machte der Hunsrücker auf der kleinen, romantisch schönen Heinzenburg von sich reden.

Im „Codex Manesse“ sind die Sänger nicht alphabetisch angeordnet, nicht chronologisch und auch nicht nach der Zahl ihrer Werke, sondern nach gesellschaftlichem Stand: Den Anfang macht Kaiser Heinrich VI, es folgen drei Könige, darunter Wenzel von Böhmen, wiederum gefolgt von den Herzögen, den Grafen und schließlich von den „Herren“. Zum Schluss sind überwiegend Ritter ohne Titel aufgeführt, etwa „Der wilde Alexander“ – ein Reiter und Jägersmann, der sehr viele Texte hinterlassen hat - oder „Der Tannhäuser“, „Der Schulmeister“, und gar zwei Frauen: „Die Winsbekin“. Dichtungen der „Spielmänner“ oder nicht zuzuordnende Texte finden ihren Platz am Ende der Sammlung.

Aufgabe der Spielleute war es, als „fahrende Sänger“ den Herren gegen ein paar zugeworfene Groschen bald hier, bald dort ein paar Kanzonen vorzutragen, bevor sie weiterziehen mussten. Der hoch angesehene Minnesänger hingegen genoss die Privilegien eines ritterlichen Dauergastes in der Burg seines gräflichen Gönners. Er verkürzte die Langeweile der langen, dunklen Winterabende mit einem breiten Repertoire bekannter Meistergesänge, leistete den Frauen kultivierte Gesellschaft, indem er sie mit Vorträgen von Sehnsucht und verschmähter Liebe, von Eifersucht und Duell, von Lust und Enttäuschung erfreute. Wenn das nicht die Sinne erregte!

Außer Liedern enthält der Codex Manesse die Miniaturen von insgesamt 138 Autoren des Minnesangs. Diese äußerst kunstvollen Darstellungen charakterisieren den Sänger und erzählen von seinem Alltag sowie von seinem höfischen Umfeld. So ist Wilhelms Miniatur ein sprechendes Zeugnis seiner Persönlichkeit.

In seinem kurzen Leben hat es Wilhelm III sicher weder an gräflichen Gastgebern noch an Silber gemangelt. Seine Miniatur weist ihn als zahlungskräftig aus: Sie zeigt ihn in lose fallendem, rotem Gewand auf einer künstlerisch gestalteten Bank sitzend, das lockige Haar von einem Perlenschmuck geziert. Das Schwert

Miniatur des Wilhelm III von Heinzenberg

steckt in der Scheide und hängt unbeachtet am Holznagel. Der unscheinbare Topfhelm trägt kein Zimier, dafür jedoch außer dem „Rinck“ einen Kranz von Pfauenfedern. Ein Exot, zweifelsohne! Ganz sicher war er unter denjenigen Rittern, die sich mit dem Kampfbeil am Gürtel und dem Schwert in der bewehrten Hand darstellen ließen oder doch wenigstens auf einem feurigen Ross galoppierend, tatsächlich ein Pfau, ein „bunter Vogel“. Ein Farbtupfer in der Gruppe der martialischen Gesellschaft. Ein „Softie“ – kein Ritter. Oder wie es rund 700 Jahre nach ihm der „King of Pop“ ausgedrückte: “I'm a lover – not a fighter.“ Tatsächlich neigen gewisse amerikanische Pop-Ikonen dazu, sich episch-glorios in der Tradition der Ritter darzustellen, in Luxus-Rüstung auf einem Schimmel reitend, das Schwert in der Hand, in wehendem blauen Umhang von Engeln umspielt, oder auch mit Zepter, Krone und anderen bunten Accessoires prunkvoller männlicher Selbstdarstellung.

Wilhelm von Heinzenberg blieb bescheidener und wahrscheinlich auch näher an der Wahrheit. Sein Bild zeigt eine vor ihm kniende, reisefertig gekleidete Frau, der er einen Brief sowie einen besonders reich ausgestalteten Geldbeutel übergibt: eine bezahlte Botin. Die Darstellung links neben seinem Kopf legt nahe, für wen der Brief sein könnte: „Es fehlt im Minnesang nicht an Vergleichen zwischen der Geliebten und dem edlen Falken, weshalb auch diese Darstellung als Anspielung zu verstehen sein dürfte!“

Der Falke, der ein blutendes Herz frisst – wessen Herz wird da wohl gemeint sein?

Andere Miniaturen zeigen Sänger beim lustvollen Ausritt mit der Geliebten, beim Brettspiel mit ihr oder zur Laute singend unter ihrer Kemenate. Wilhelm aber ist kein solches Glück beschieden: Er braucht eine Botin und viel Geld, um seinem Liebchen einen fernen Gruß zukommen zu lassen. Das erwartungsfrohe Lächeln auf seinem Gesicht zeigt, dass er sich von der Kraft seiner Worte in dem geheimnisvollen Brief dennoch viel erhofft.

Jedoch scheint er trotz seiner Berühmtheit kein Glück in der Liebe gehabt zu haben. Ganz offensichtlich sehnte er sich sein kurzes Leben lang. Bereits Mitte 20 klagte er: „Denn meine Jahre sind dahin!“ War das reine Minne-Poesie oder verbergen sich hinter dieser Zeile statt eines starken jungen Herrn auf schnaubendem Ross Depression und Einsamkeit? Hätte er seine Angebetete einfach rauben, auf seine Burg entführen sollen, zum Beispiel während einer Jagdgesellschaft?

Sicher nicht! Platonische Liebe, ritterliche Zurückhaltung gegenüber der Edeldame, uneigennütziger Dienst und Entsagung entsprachen dem höfischen Ideal und sicherten die eigene Stellung im komplizierten Geflecht der Abhängigkeiten. Romanzen gab die Realität nicht her, wenngleich das Publikum nicht genug davon bekommen konnte. Sich die Fürsten, Grafen und deren Vasallen im Umkreis eines Tagesritts – alle begierig darauf, sich zu beweisen - mit einer verbotenen Liebe selbst an den Hals zu holen: Das hätte keine Aussicht auf Erfolg gehabt.

Schwere Ehren-Strafen warteten auf den, der es wagte, sich einer Tochter höheren Standes wider das Diktum ihres Vaters oder gar in ehebrecherischer Art und Weise zu nähern. Jedermann im 13. Jahrhundert kannte das Epos um Ritter Lancelot, der nach seiner verbotenen Liebschaft mit der Frau des Königs Artus dem Volk auf dem Schinderkarren vorgeführt worden war. Ganz sicher kannte Wilhelm auch das Schicksal des Hunsrücker Wildgrafen Konrad I von Kyrburg, der wegen Aufruhr zur Ehrenstrafe des „Hundetragens“ verurteilt worden war. Die ganze Welt, Herren wie Leibeigene, Männer, Frauen und Kinder waren Zeuge davon geworden, wie Konrad und seine Sippe anno 1154 statt ihres Hab und Guts räudige, schnappende Köter, die man ihnen auf den Rücken und in den Arm gebunden hatte, außer Landes tragen mussten.

Hätte er um die Liebe der Dame seines Herzens zum Duell fordern sollen? Dazu hätte er wohl ein ganz anderer Mann sein müssen, einer, der sich der Kraft seines Armes sicher war.

Wilhelm heiratete eine Frau, von der man weder den Namen noch die Herkunft kennt. Andere Männer seiner Familie heirateten Edelfräulein von Hunolstein, Schwarzenberg oder Steinkallenfels, falls sie nicht die klerikale Alternative eines Dom- oder Stiftsherren wählten und gar nicht heirateten. Nicht so Wilhelm. Sein Sohn Thielmann I ist das Kind einer Namenlosen, einer Frau aus dem Gesinde, vielleicht einer Kammerdienerin oder einer Leibeigenen. Anders als die anderen Frauen der Heinzenberger findet sie keinerlei Erwähnung als Statthalterin ihres Sohnes nach dem frühen Tod des Gatten.

Sehnsucht und Liebesqualen waren das Hauptthema von Wilhelms Minnekunst. Sie scheinen auch sein kurzes Leben bestimmt zu haben. Indem er die Zuhörer an der Klage seines nahenden Endes teilhaben lässt, erfahren wir, warum er sich zur Ehe nicht für die Taube auf dem Dach, sondern schließlich doch für den Spatz in der Hand entschieden hat:

Liebchens Härte

Es sagt ein Wort aus alten Zeiten,
Nichts sei so hart als ein Demant,
Ich aber muß dies Wort bestreiten:
Denn wem mein Liebchen recht bekannt,
Der schälte härter ihren Sinn!
Was ich sang,
Was ich tat,
Was bedang
Oder bat,
Hart blieb sie stets nach ihrer Sitte.
Nun ratet, ob ich länger bitte.
Denn meine Jahre sind dahin.*

Wilhelm starb 1293. Bruder Johann hatte sich seinerseits mit einer Frau aus dem Volk verbunden und sie als blutjunge Witwe zurückgelassen; sie starb unter ungeklärten Umständen im Alter von nur 20 Jahren. Wilhelms einziger Sohn vermählte sich mit dem Haus von Hunolstein, starb aber wiederum zu jung, um das Heft in die Hand nehmen zu können. Verpfändungen und Übertragungen der Güter sorgten im 14. Jahrhundert für einen schleichenden Ausverkauf der Besitzungen. Die Reste der Pfründe übernahmen schließlich die Ritter von Steinkallenfels, und was von der verwaisten, in kriegerischen Scharmützeln mit Balduin von Kurtrier teilweise zerstörten Burg übrig blieb, trugen die Talbewohner nach und nach zur Befestigung ihrer eigenen zugigen Behausungen ab.

Von der schmucken Burg über Heinzenberg ist heute nur noch der Kellereingang erhalten.

**Nachgedichtet von Richard Zoozmann (1863-1934)*

Warum der Bach einen Bogen um die Kirche macht

Kisselbach, Anfang August 1709

Peter und seine Frau Maria machten sich gemeinsam auf, um die letzten Kirschen aus dem Baum zu holen. Es war der Baum drüben, im „Jenseits", der anders als die Bäume hier im Tal des „Diesseits" üblicherweise im Schatten des Hangs lag, und so waren trotz der späten Tage immer noch ein paar Handvoll versteckter Früchte zu holen, mit ein bisschen Glück waren sie nicht angepickt. Das Meiste hatten sie freilich längst geerntet, mit dicker Milch und auch mit heißem Gries verspeist. Genüsslich hatten die Kleinen an den Kirschen gelutscht und sich dabei Gesicht und Kittel verschmiert. Viele der dicken roten Früchte hatten sich im „Diesseits" die Stare geholt, trotz der Klappern, die Peter an langen, im Baum verwobenen Seilen befestigt hatte. Die Stare waren schlau, sie ließen sich nicht leicht vergraulen. Seine Nachbarn schickten während der Kirschenzeit ihre Kinder hinaus: beim Anflug der Vögel zogen und zerrten sie an den Seilen und brachten die Klappern, die wehenden Fetzen alter Säcke oder zerschlissener Hemden und zusammengeschnürte Strohbündel so heftig in Bewegung, dass die Stare Reißaus nahmen. Peters Kinder aber waren erst zwei und drei Jahre alt, zu klein für solche Mitarbeit. Und auf viel Unterstützung von Nachbarn konnte er, einer der übrig gebliebenen Lutheraner im Dorf, nicht hoffen: Außer seiner Familie gab es nur noch eine, die der Lehre Luthers treu geblieben war, die anderen Familien waren calvinistisch. Sofern man wirklich davon sprechen konnte, von „calvinistischer Familie“, wenn zwar das Familienoberhaupt sich zur Reformation bekannte, die Ehefrau jedoch katholisch war, und die Kinder ebenfalls. In vielen Familien der Nachbarn herrschten Zustände, die keinem Menschen gefallen konnten, am wenigsten den betroffenen Familien selbst.

Er hatte die Arme in der langen Leiter verklemmt und schritt hinter Maria her, die den beiden stolpernden Kleinen den Hang hinauf half. Der zweijährige Philipp war sein ganzer Stolz! Auf seinen mageren Beinchen versuchte er unverdrossen, es seiner ein Jahr älteren Schwester gleichzutun. Eines Tages würde er ein kräftiger junger Mann sein, die Last des Alltags mit ihm teilen! Er würde ihm helfen, die Parzellen zu beackern, die windschiefe Behausung gegen Wetter und Verfall zu schützen, zu erhalten, zu vergrößern. Er würde darauf achten, dass der Marder nachts nicht an die Hühner herankam. Er würde dabei helfen, dass vor dem Winter das Schlachtschwein schön fett bereit stand ...

Er lächelte. Ja, er hatte Glück gehabt, vor allem mit seiner Frau!

Maria war eine Welsche, so wie viele Ehefrauen in Kisselbach. Sie war eine von sieben Töchtern eines hausierenden Löffelschnitzers aus dem Hochwald. Natürlich war sie katholisch. Sie konnte nicht lesen und nicht schreiben, und von der Lehre Luthers verstand sie nichts. Aber sie und ihr Vater waren froh, einen Mann wie ihn, Peter, gefunden zu haben. Peter war ein anständiger Kerl, und seine Familie zählte zu den ersten, die hier in Kisselbach angepackt hatten, damals, vor 60 Jahren, nach dem Großen Krieg. Peter besaß alles, was Marias Vater seiner Familie nicht bieten konnte: den Kirschbaum, einen Apfel- und einen Pflaumenbaum, dazu Parzellen, eine Kuh, natürlich ein paar Hühner, und es gelang ihm jedes Jahr, ein Schwein aufzuziehen, in den letzten Jahren sogar zwei. Er hatte auch ein wenig lesen und schreiben gelernt. Das Meiste, was er als Kind in der Winterschule wieder und wieder buchstabiert hatte, konnte er bis heute auswendig hersagen oder singen: den „Kleinen Katechismus", alle Lieder und Gebete seiner Eltern und Großeltern und unzählige Psalmen, die in seiner Lutherbibel standen, alle auf Deutsch.

Maria konnte ihm dankbar sein, dass er sie genommen hatte! Sie war die letzte Tochter ihres Vaters, hatte ihn begleitet, seine Löffel geschliffen und poliert, öfters auch unter seinem wachsamen Auge auf Märkten getanzt. Von einem eigenen Kirschbaum konnte sie nur träumen, und Peter wusste wohl, dass dieser Baum mit seinen fetten, roten Früchten ihre Zuneigung zu ihm beflügelt hatte. Wie ein Kind hatte sie sich anfangs die Kirschen an die Ohren gehängt. Unter ihren schwarzen Haaren leuchteten sie noch mal so schön, übermütig tanzend war sie vor ihm hergesprungen. Er lächelte. Ja, auch er hatte es mit Maria gut getroffen! Zwar trug sie trotz ihrer kindlichen Züge das Kinn ein wenig zu hoch, wie er fand, und sie brauchte sehr wohl gelegentlich seine harte Hand, denn sie neigte zu vorlauten Bemerkungen. Gelegentlich maßte sie sich einen losen Kommentar zum dörflichen Geschehen an, der ihr nicht zustand, so wie jemand, der das Treiben von außen betrachtet und sich darüber amüsiert. Das machte ihm zu schaffen! Keine andere Frau kam auf solche Ideen wie sie!

Aber sie war jung, sehr drahtig, dabei reizvoll, eine gewisse Lieblichkeit ging von ihr aus. Vielleicht lag es an ihrer Jugend, vielleicht auch daran, dass sie trotz der von ihrem Vater betriebenen Verheiratung, bei der sie nichts mitzureden hatte, nach und nach Zutrauen zu ihm, Peter, gefasst hatte. Zwar achtete er unmissverständlich darauf, dass es in allen Entscheidungsfragen nach ihm ging, denn natürlich war sie nicht sehr verständig. Nein – Zustände, wie sie in Kisselbach um sich griffen, duldete er in seinem Haus nicht! Da war der Krämer, dessen erste drei Kinder katholisch, alle anderen calvinistisch aufgeschrieben worden waren. So etwas brachte doch nur Zwist in die Kammer! Peter hatte das erlebt, als er noch Kind war, im Haus von Nicolaus Marx, einem Freund seines Vaters: Nicolaus‘ erste Frau, auch eine „Maria“, war katholisch gewesen. Vor nichts hatte sie sich mehr gefürchtet als davor, dass ihre Kinder nicht sofort nach der Geburt nach katholischem Ritus getauft werden würden. Was, wenn der Teufel sie holte und sie – ungetauft - nicht in geweihtem Boden beerdigt werden konnten? „Wehe unserem Kind“, hatte sie vor der Niederkunft Tag für Tag lamentiert, keinen im Dorf hatte sie verschont! Manchmal konnte man meinen, dass sie dabei war, den Verstand zu verlieren. „Wir sind alle in der Sünde geboren“, schrie sie und hielt sich dabei ihren schweren Leib. Maria hatte Nicolaus in den Ohren gelegen, sie hatte geweint und gefleht, sie hatte sich in diesem Zustand auf den Weg nach Simmern gemacht, bei Pater Cornelius vorgesprochen und gehofft, er könnte ihr helfen, doch alles, was er getan hatte, war, sie darin zu bestärken, ihr Kind auf keinen Fall ohne den Segen der katholischen Kirche durch das Leben – schlimmer:

in den Tod! - zu schicken. Nicolaus hatte ihr nachgegeben.

Aber er hatte damit keinen häuslichen Frieden erreicht, im Gegenteil. Geschrei, Gezeter, Prügel – nichts hatte genützt. Je mehr er sie bestrafte, desto mehr versuchte sie ihre Schlichen. Sie brachte den drei Kindern, die sie mit ihm hatte, allerhand Unsinniges bei, paktierte mit den Katholiken jenseits des Bachs, suchte heimlich Kontakt zu ihrer Schwester, die drüben im Jenseits verheiratet war.

Als sie starb, war er eine zweite Ehe eingegangen mit einer Frau, die calvinistisch war wie er. Katholische Kindstaufen waren von da an kein Thema mehr im Hause des Nicolaus Marx. Und dennoch: Die Familie war an all dem zerbrochen, sie hatten nie mehr einen gemeinsamen Weg gefunden. Nicolaus‘ Kinder hatten Kisselbach den Rücken gedreht, sich nicht mehr blicken lassen und sich um keine weiteren Belange mehr gekümmert.

So etwas wollte Peter nicht erleben! Es war bestimmt nicht gottgefällig, Streit in die Familie zu bringen! Er war das Familienoberhaupt, Maria musste ihm gehorchen, einen anderen Weg gab es nicht! Wieder und wieder hatte er ihr erklärt, dass seine Väter, nicht katholisch, aber getaufte, gottgefällige Menschen, ganz gewiss in Gottes Reich aufgenommen worden waren! Denn sie lebten in der Gnade Gottes! Und er selbst und alle seine Kinder würden dereinst auch das Paradies erreichen! Hätte sie ihn denn sonst geheiratet?

Er wusste, dass er sie mit dieser Frage zum Schweigen brachte! Denn sie kannte die Wahrheit hinter dieser Frage so gut wie er! Eine Wahl hätten beide ja niemals gehabt! Sie war schön, auffallend schön, dazu kräftig, sie konnte lachen und war ihrem Vater ergeben. Er war anständig, hatte seinen Platz in der Welt, dazu die Kuh, das Schwein, seine Hühner und Parzellen, und keinen schlechten Ruf. So war es geschehen, dass ihr Vater sie an einen guten Mann gebracht hatte, und das war gut so gewesen. Beide wussten, dass ihre Hochzeitsnacht die Weichen für die gemeinsame Zukunft stellen würde. Und beide erlebten, was es bedeutete, Glück gehabt zu haben!

In der Kammer, die sie täglich frisch aufschüttelte und herrichtete, betete er mit ihr gemeinsam Abend für Abend das uralte, von Luther in verständlichem Deutsch überlieferte Gebet:

„Herre Gott, mitten im Leben sind wir vom Tod umfangen!
Wer ist's, der uns Hilfe bringt, dass wir Gnad erlangen?
Das bist DU Herr, alleine!
Uns reuet unsere Missetat,
die DICH, Herr, erzürnet hat.
Heiliger Herre Gott ..."

Und auch seine Kinder lernten dieses Gebet, bevor sie etwas anderes plappern konnten.

Maria hatte in der Nische der Kammer die kleine Gruppe der Heiligen Familie aufgestellt, sie knickste und bekreuzigte sich täglich davor und sorgte für einfachen Schmuck: einen Zweig, manchmal einen Kerzenstumpen. Ein paar der kaum erschwinglichen Kerzen aus goldgelbem Wachs hatte er zur Adventszeit beim Krämer gegen ein Stück Schinken eingetauscht. Ihr sanfter Duft brachte im Winter ein Gefühl von Wärme in die Kammer. Auch ein Bildchen vom „Verlorenen Schaf“ hatte Maria befestigt. In ihrer Rocktasche befand sich ein abgegriffenes Bild der „Himmelskönigin“, wie sie die Jungfrau nannte. Er verbot es ihr nicht. Aber er hatte auch durchgesetzt, dass trotz ihrer Angst keins seiner Kinder katholisch getauft worden war, und so würde es auch bleiben! Nein, er würde es auch mit den Kindern, die Maria ihm – so Gott es wollte! – noch zukünftig schenken würde, nicht so machen wie Nicolaus, auch nicht so wie die Familienväter, die ihre Töchter der Religion der Ehefrau überließen, die Söhne aber nach dem Mannesstamm tauften.

Peter seufzte. Vieles war durcheinander geraten, hier in Kisselbach, 60 Jahre nach dem Großen Krieg. Sicher: Leicht ließ es sich nirgendwo leben. Aber wer sich ein wenig in den anderen Dörfern umschaute, merkte schnell, dass das Leben in Kisselbach dreimal so schwer war wie anderswo.

Von hier fortziehen? Undenkbar! Er hatte nichts gelernt außer Luthers Katechismus, und wie man aus den Parzellen das Futter fürs Vieh, das Kraut für den Winter und das Korn fürs Brot herausholen konnte. Dafür musste er seine ganze Kraft einsetzen. Hier, im Diesseits, auf der Sonnenseite des Dorfs, hatte seine Familie ihr Dasein seit jeher bestritten.

Außer ihm, Maria und den beiden Kleinen teilten heute, im August des Jahres 1709, wenig mehr als 100 Bewohner das Leben im sonnigen Diesseits des Bachs miteinander. Die andere Hälfte der Bewohner Kisselbachs lebte im Jenseits, im Schatten des Hangs auf der anderen Seite des Baches, dort, wo sein letzter Kirschbaum, Überbleibsel aus der Zeit nach dem „Großen Aufräumen", noch stand.

Teilten sie das Leben? Sicher, die Sorge ums tägliche Brot, um die Gründung einer Familie und das Überleben der Kinder teilten alle Kisselbacher. Aber von freudigen Anlässen, die man gemeinsam beging, konnte nicht die Rede sein. Ein Gasthaus, in dem sich Jung und Alt in täglicher Geselligkeit zusammenfand, gab es nicht. Gemeinsame Dorffeste hatten, solange er denken konnte nicht stattgefunden. Kirchweih und Kommunion feierten die Katholiken jenseits in Rayerschied, Maria und ihre katholischen Freunde liefen zum Schönenberg. Die evangelischen Familien trafen sich zur Konfirmationsfeier und an Karfreitag in Pleizenhausen. An Festtagen wie Ostern, Himmelfahrt und Pfingsten war das Dorf wie leergefegt: Diese Feste wurden im Diesseits und im Jenseits getrennt begangen. Die einen machten sich auf den Weg nach Pleizenhausen, die anderen nach Rayerschied, die

Katholiken aus dem Diesseits pilgerten dann meistens nach Simmern.

Nur wenige Meter trennten Peters Hof von der kleinen Dorfkirche. Sie lag direkt am Bach, im Diesseits. Zum Glück! So konnten die Simmerner Grafen über lange Jahre ihre Hoheitsrechte halten. Cujus regio, eius religio!

Aber die Kirche wollte sich einfach nicht mit Leben füllen lassen! Mehrfach geplündert, geschändet und entweiht hatte man sie nach dem Großen Krieg vorgefunden. Dem „Aufräumen" folgten damals Versuche, sie wieder in einen würdigen Zustand zu versetzen. Freilich: Was ein „würdiger Zustand" war, darüber konnten Großvater und die anderen sich nicht einigen. Auch Lutheraner und Calvinisten konnten sich nicht einigen. Und als dann die Kurfürsten ab 1685 wieder katholisch waren, erhielten die Katholiken hier im Diesseits, auf der „richtigen" Seite des Bachs, neue Rechte.

Er erinnerte sich noch gut daran, wie es gewesen war, kurz vor seiner Konfirmation. Da erging die Verordnung, dass in der Kisselbacher Kapelle zugunsten der Katholiken ein Simultaneum* eingeführt werden solle. Also lernten die Konfirmanden von Schulmeister Hoßbach vor allem, was der Unterschied zwischen ihnen und den Katholiken war und wie man Übersicht und gute Ordnung in einer von Katholiken pausenlos vollgestellten und mit allerlei überflüssigen Dingen durcheinander gebrachten Kirche wieder herstellte. „Das ist alles vom Teufel, was ihr hier seht!", rief Meis-

**Simultaneum ist die gemeinsame Nutzung einer Kirche durch Katholiken und Protestanten)*

ter Hoßbach und riss das Kruzifix vom Altar. Vor jeder Andacht, von denen plötzlich viel mehr als zuvor stattfanden, wurde von jetzt an „aufgeräumt“, wie er es nannte. Die Heiligen wurden mit dem Gesicht zur Wand gestellt, das Weihwasser durften die Kinder auskippen. Bei den Kindern sorgte das „Aufräumen“ für Übermut und Gelächter. Auch Peter hatte sich etwas einfallen lassen: Er hatte das Ewige Licht ausgeblasen, im Kreis herumgewirbelt und dazu laut gejohlt. Dafür hatte er ein anerkennendes Nicken von Meister Hoßbach bekommen. Aber gerne erinnerte er sich nicht daran!

Was auf solche und ähnliche Aktionen folgte, war, dass die Kinder vom Diesseits und vom Jenseits sich über den Bach gegenseitig mit Steinen bewarfen. Sie lauerten sich gegenseitig auf, verfolgten sich und droschen aufeinander ein, tunkten den Kopf des Feindes in den Bach. Die Erwachsenen machten mit beim Beleidigen und Prügeln, die Frauen keiften sich an. Keiner schämte sich noch für irgendetwas, stattdessen wünschten sie sich die Pest an den Hals.

Seine Urgroßeltern hatten ja auch „aufgeräumt“. Vor 60 Jahren hatten sich die vier Familien, die von Krieg und Pest übrig gelassen worden waren, zusammengetan und gemeinsam mit dem „Großen Aufräumen“ begonnen. Eine dieser Familien war die seines Urgroßvaters gewesen.

Was mit dem „Großen Aufräumen“ gemeint gewesen war, hatte ihm, dem einzigen überlebenden Kind seines Vaters, eigentlich niemand genau erklärt. Aber man kam als Kind nicht daran vorbei, an Seufzern und an aufgeschnappten Bemerkungen. Peter war knapp 30 Jahre alt und hatte eine kaum mehr als vage

Vorstellung davon, was die Urgroßeltern in den Häusern und vor allem in der Kirche vorgefunden hatten, als sie mit dem begannen, was sie damals „Aufräumen“ nannten.

„Ihr Leut‘, ihr Leut‘“, hatte seine Großmutter öfter mal vor sich hin gestöhnt, wenn sie abwesend, mit gefalteten Händen, auf der Bank vor dem Haus saß. Eines Tages, da war er vielleicht fünf Jahre alt gewesen, hatte er sich ein Herz gefasst und sie gefragt: „Was hast du denn?“

„Ach, Gott, Bub!“, hatte sie gesagt, „wenn du wüsstest, was ich weiß!“

„Was weißt du denn?“, hatte er gefragt.

„Was wir gesehen haben, dein Großvater und ich!“

„Was denn?“, fragte er hartnäckig, mit großen Augen, und patschte nach Kinderart auf ihre gefalteten Hände.

„Wir waren ja nur noch vier Feuerstellen hier in Kisselbach, der Langohr, Arnolds Bernd, und der Silbernagel. Und wir. Ja, und wir!“.

„Das ganze Dorf! Nur ihr! Wo waren denn die anderen?“

„Ach Gott, Bub!“, sagte sie wieder und schwieg.

„Wo denn?“, beharrte er.

„Die waren nicht mehr hier.“

Er war sehr klein gewesen. Aber er hatte gespürt, dass sie ihm etwas verbergen wollte. Beharrlich, fast schon trotzig, hatte er weiter gebohrt: „Wo sind sie denn hin?“

Erst nach längerem Drängeln hatte sie schließlich geseufzt: „In den Himmel, Bub, in den Himmel!“

Verwirrt hatte er mit der Fragerei aufgehört. In den Himmel ... das klang schön. Dort würden schließlich eines Tages alle Menschen hinkommen, in den Himmel! Darum betete seine Mutter jeden Abend mit ihm: dass er dereinst in den Himmel kommen sollte. Dort würde er alle wiederfinden, die zur Familie gehörten, vor allem die kleinen Geschwister, die so früh schon gehen mussten. Auf jeden Fall war der Himmel ein guter Platz, und wenn er eines Tages dorthin käme, dann könnte er ja die anderen da droben nach allem fragen, was er wissen wollte!

Nicht lange nach dem Gespräch mit der Großmutter hatte er den Vater gefragt: „Vater, wer ist der Langohr?“

„Ach Gott, Petersche, wie kommst du denn darauf? Das war der Schmied, der ist schon lange nicht mehr! Der, Arnolds Bernd und dein Großvater und auch der Silbernagel, die waren gut befreundet! Aber das waren andere Zeiten! Hott Oma Else deich gewieß‘?“

„Jo.“

„Ach Gott!“

Immerzu hatten die Erwachsenen „Ach Gott“ gesagt und danach meistens geschwiegen. Er, Peter, dachte das heute selbst so oft: Ach Gott! Und oft genug stieß er es aus tiefstem Herzen aus!

Peter hatte noch erfahren, dass es ein Katholik gewesen war, dieser verfluchte Spanier, General Ambrosius, der Kisselbach damals in Schutt und Asche gelegt und dafür gesorgt hatte, dass kein Huhn, kein Hund und keine Katze überleben konnte. Seine Banden hatten die Frauen hergenommen und liegengelassen. Die Männer hatten sie totgeprügelt oder mit Mistgabeln aufgespießt. Wer nicht erschlagen worden war, verhungerte. Dem Rauben und Morden waren nur wenige entkommen, und einer von denen, die entkommen und nach der Pest zurückgekehrt waren, war der

Urgroßvater gewesen.

Ach Gott ...

Peter hatte gelernt, nicht zu viele Fragen zu stellen. Es war besser, die eigenen Prinzipien trotz der vielen offenen Fragen zu wahren.

Er wusste nun, dass Großvater und Urgroßvater früher Freunde gehabt hatten. Mit ihnen hatten sie Kisselbach vor 60 Jahren „aufgeräumt“, die Häuser und auch die Kirche von den Leichen befreit, und sie hatten die Toten begraben. Heute aber gab es keine Freunde mehr. Sie waren ausgestorben, oder fort gezogen. Oder sie waren eben keine Freunde mehr, weil sie katholisch waren.

Ach Gott ...

Eigentlich war die Zeit vor dem Simultaneum gar nicht so schlecht gewesen, fand Peter. Ein Pfarrer war ja eh nicht da! Ob zum Gottesdienst oder zur Beerdigung: Laufen mussten sie alle! Für ein kurzes Gebet, eine stille Andacht stand die Kirche jedermann offen. Als dann aber der neue, der streng katholische Kurfürst Johann Philipp die evangelische Bevölkerung zu drangsalieren begann und zu allerhand unsinnigen Demutsübungen zwang, war es mit dem Rest an Verbundenheit aus gewesen. Alte Freunde wurden zu Feinden. Die Kirche erhielt neue Heiligenfiguren, ein verschließbares Tabernakel wurde in ihre Wände eingelassen. An Fronleichnam sollte Peters Familie, sollten alle Protestanten im Diesseits und überall im Land die Fenster schmücken! Was für ein unerhörtes Ansinnen! Eine Demütigung, und eine Schande für jeden aufrechten Mann! Die Schergen des Kurfürsten drangen bis in die hintersten Ecken. Sie kontrollierten jeden Winkel der Kurpfalz, und, wie es schien, vor allem Kisselbach. Männer, die so wie Peter eine katholische Frau geheiratet hatten, konnten sich für eine Weile hinter ihr verstecken. Maria verstand sich auf den Fensterschmuck. Sie bündelte Farnkraut und stellte es ins Fenster, dahinter steckte sie das Marienbild aus ihrer Rocktasche. Das zweite Fenster zierte die Heilige Familie. Es erfüllte sie mit Stolz, fast schon mit Triumph. Den Inspektoren dienten ihre kleinen Arrangements zur Genüge.

Aber manche seiner calvinistischen Nachbarn durchlitten eine schwere Zeit: Sie quälten sich bei ihrer allabendlichen Gewissensforschung mit der Frage, ob sie, um dem Arrest zu entgehen, dem Kurfürsten hätten nachgeben dürfen. Michael Casper, der Sohn des Schultheißen aus Pleizenhausen, war so einer. Er konnte sich seinen „Frevel“ mit dem Kruzifix im Fenster an Fronleichnam nicht verzeihen und schrie lauter denn je um Gottes Gnade für alle von den katholischen Irrlehren Gedemütigten unter dem Himmel! Sein Beten steigerte sich in Wut: Er werde, sobald er die Kirche wieder betrete, endgültig Schluss machen mit den gotteslästerlichen Praktiken! Den Tabernakel werde er hinauswerfen, die Hostien in den Schmutz treten, wo sie hingehörten! Mit Freuden werde er alle Heiligen in den Bach werfen! Peter fragte sich, was für Michael schlimmer war: Die Angst vor Gottes Ungnade oder die Schmach, zum Gespött von Freund und Feind geworden zu sein, wegen dem Kruzifix!

„Ach Gott!“ seufzte er, als er die Leiter anlegte. In der Zwischenzeit hatten die Schikanen in der Kurpfalz zwar abgenommen. Aber in Kisselbach hatte sich die Situation zugespitzt! Alles in allem hatte er Glück gehabt, dass er und Maria noch in der Kirche getraut werden konnten. 1705 hatten sie geheiratet. Schon ein Jahr später, nach der Kauber Kirchenteilung, hatten die aus dem Jenseits sich der Kirche bemächtigt. Sie ließen die Diesseitigen nur noch in Ausnahmefällen in die Kirche. Es war ihnen einfach zu viel Ärger, zu viel Arbeit geworden: Das ständige Weihen des Heiligen Wassers, in das einige Protestanten auch schon mal hinein gespuckt hatten. Jedes Mal neue Altarweihe, weil der Altar rücksichtslos begrapscht wurde! Der Schutz der Statuen, das Kruzifix, das Ewige Licht! Jede Kerze bliesen die Calvinisten aus, denn hatte Jesus nicht gesagt: „ICH bin das Licht“? Den Tabernakel sperrten die Katholiken doppelt ab und hüteten ihn wie einen Augapfel.

Er hätte ja seine erstgeborene Tochter katholisch taufen lassen können. Sie hätten das Sakrament der Taufe ohne Probleme in der Kirche begehen können, und Maria hätte sich gefreut. Aber seine Prinzipien zählten, nicht ein vergänglicher Vorteil! Schon gar nicht zählte Marias Unverstand!

Er stieg die Leiter hinauf. Tatsächlich hingen noch einige wenige Früchte im Baum, ein halbes Körbchen könnte es noch sein. „Halt fest“, kommandierte er. Maria glich den wackeligen Stand der Leiter aus. Mit dem Finger im Mund sahen die beiden Kleinen erwartungsvoll zu ihm hinauf, wie er vorsichtig Fuß für Fuß auf die Sprossen setzte.

Mit Johannes Dilg hatten die Protestanten endlich einen fähigen Pfarrer bekommen, der sich rührig um die Rechte seiner Gemeinde kümmerte. Für Peters Geschmack war er zu streng, zu düster, und zu ehrgeizig. Aber er schien etwas zu erreichen, vor zwei Jahren sogar die schriftliche Zusage der Religionskommission, die besagte, dass die Katholiken die Kirche vollständig räumen müssten. Damals war Dilg, jung und voller Eifer, nach Kisselbach geeilt. Peter hatte gesehen, wie er zuerst bei Michael Casper Einkehr hielt, dem er die neue Anordnung vorlegte. Dann hatte er flugs eine Versammlung in der Kirche einberufen. Wie ein Lauffeuer hatte sich die Neuigkeit auf beiden Seiten des Baches verbreitet. Überall liefen sie zusammen Die Trierischen waren schließlich schneller – und stärker! Sie umstellten die Kirche und benutzten nicht nur ihre Fäuste. Weder Dilg noch ein anderer Protestant konnte die Kirche betreten, mehrere krümmten sich auf dem Boden und mussten mit blutiger Nase, zugeschwollenen Augen und mit gebrochener Rippe in Sicherheit gebracht werden. Wut und Enttäuschung herrschte im Diesseits, im Jenseits aber wurde gefeiert.

Fortan musste Dilg seine Gottesdienste in einem Schuppen unweit der Kirche abhalten, begleitet von den hämischen Zurufen der triumphierenden Katholiken.

„Da waren sie aber richtig sauer, die Brüder!“, hatte Maria gekichert, als sie abends das Erstgeborene in der Wiege schaukelte. Peter reagierte blitzschnell und holte aus. Eine solche Unbotmäßigkeit stand ihr nicht zu! Erschrocken hatte sie zu ihm aufgeblickt. Da ließ er die Hand sinken. Ihr Leib war damals schon wieder vielversprechend angeschwollen, und Peter hatte sich sehnlichst gewünscht, dass sie ihm diesmal einen Sohn schenke. Was sie dann auch tat!

Eineinhalb Jahre war Söhnchen Philipp jetzt alt, ein munteres Kerlchen, das selbstbewusst um den Baum herum marschierte, beide Händchen voller Grasbüschel. Peter war sich sicher, dass er und Maria noch mehr Kinder bekommen könnten. Dafür musste er aber vorsichtig sein mit ihr, wenn sie guter Hoffnung war!

Die vereinzelt übrig gebliebenen Kirschen waren schwer zu erreichen. Vorsichtig schob er sich durch das Geäst.

Von oben sah er aus der Ferne, wie Pfarrer Dilg in Begleitung einiger anderer Kirchenmänner dem Dorf zustrebte. Auch der Simmerner Kaplan befand sich darunter. Was war jetzt schon wieder los? Heute war Mittwoch, Gottesdienst war nicht angesagt! Von einem Trauerfall wusste er auch nichts.

Er beeilte sich, schnell vom Baum zu kommen. „Maria, wir müssen gehen! Da drüben ist was los!"

Wenig später war ganz Kisselbach vor der Kirche versammelt, das Stimmengewirr wollte nicht abnehmen. Vereinzelt waren Drohungen und Verwünschungen zu hören, aber die Tatsache, dass die beiden Geistlichen offensichtlich gemeinsam etwas verkünden wollten, sorgte dafür, dass bei den Diesseitigen wie bei den Jenseitigen zwar nicht der Respekt, aber doch die Neugier über Angriffslust siegte.

Es war schließlich Dilg, der eine gebieterische Handbewegung machte und den „Untertanen" mit lauter, fester Stimme eine erneute Verordnung der Religionskommission des allergnädigsten Kurfürsten vom 31. Juli verlas, die an die Geistlichen der Pfarrei ergangen war. Darin stand, dass in Kisselbachs „sothaner Kirche mit dem Simultaneo", so wie es „bis zur letzten Kirchenteilung exerziert worden", fortgefahren werden solle. Fürstliches Diktum. Punktum!

Der Tumult war unbeschreiblich! Die Protestanten jubelten, einige schrien, dass sie von nun an die gotteslästerlichen Praktiken endlich aus ihrer Kirche heraushalten würden, wenn es sein müsste, mit dem Knüppel. Die Katholiken drohten dem Kurfürst und der ganzen Welt, für die geplante Prozession zu Mariä Himmelfahrt mit Verstärkung anzurücken. Peter verschwand mit Maria und den beiden Kleinen im Haus. „Können wir nicht von hier weg?“, fragte sie ihn.

Daran hatte er auch schon gedacht. Weg von hier! Aber wohin? Er hatte ja nichts, lebte von seinen Parzellen, und die lagen hier, in Kisselbach. Mit Maria wäre er im calvinistischen Riegenroth nicht wohl aufgenommen worden, und mit einem Handwerk, das ihm in lutherischer Nachbarschaft, vielleicht in Simmern, zu Lohn und Brot verholfen hätte, konnte er auch nicht aufwarten.

In dieser Nacht war es sehr dunkel in Kisselbach. Die Dunkelheit schluckte das weißgelbe Licht der schmalen Sichel des zunehmenden Mondes, umso bedrohlicher wirkten die Geräusche diesseits und jenseits des Baches, das Auf und Ab der Stimmen, das Gezischel und Geraune.

Am nächsten Morgen war alles ruhig. Zwar hatten die von drüben mehrere Männer vor dem Eingang der Kirche positioniert, aber das war zu erwarten gewesen. Gegen Verordnungen aus Heidelberg konnten diese papsttreuen Bauern hier im Diesseits, auf kurpfälzischem Gebiet nichts machen, das war gewiss! Kurfürst Johann Wilhelm, wenn er auch katholisch war, würde seine Hoheitsrechte schon gegen seinen bischöflichen Rivalen durchzusetzen wissen, gegen den üblen Buben aus Trier! Bald schon würden die Reiter aus Simmern kommen und diesem ganzen Treiben hier ein Ende machen!

Die Tage waren hell und lang, der Mond nahm langsam zu. In zwei, drei Tagen würde die Sichel des Mondes angewachsen sein, der Halbmond würde die Kisselbacher Nacht aus der Finsternis holen. Peter überlegte, wie es weitergehen sollte, mit ihm, Maria und den Kindern. Maria war wieder guter Hoffnung, das hatte sich nun erwiesen. Er konnte sie alle mit seiner Kraft ernähren! Aber dafür musste er Gott um Beistand bitten dürfen, hier, wenige Meter neben dem Haus, in seiner Kirche! Dazu brauchte er die Gnade und die Hilfe Gottes! Auch für Maria, die es nun mal nicht besser wusste!

Wenn doch nur endlich die Kirche von ihm und seinesgleichen wieder frei betreten werden konnte!

Er zog Maria an sich und sank bald darauf in tiefen Schlaf.

Als er, früher als sonst, vor Morgengrauen erwachte, traute er seinen Augen nicht: An seinem Haus floss der Bach vorbei, und drüben auf der anderen Seite, stand die Kirche! Wie eh und je stand sie da im milchigen Frühdunst, schweigend, unscheinbar, würdevoll. Doch der Bach – der trennte das Gotteshaus von ihm und seinem Haus!

Im schmalen Bett, wilder und viel lauter als sonst rauschte das Wasser, das nicht mehr dem alten Weg folgte, sondern einen deutlichen Bogen beschrieb, einen Bogen um die Kirche herum, die nun auf die andere Seite des Baches zu liegen gekommen war. Ein Blick aus dem Fenster erschreckte ihn zutiefst: Männer stützten sich auf Hacken und Frauen auf Spaten. Sie legten hier oder dort Hand an, einige schippten am Oberlauf noch nach und verstopften nachhaltig das alte Bett, andere hackten hastig an seiner Umleitung. Keiner sprach, und die, die sich auf ihre Werkzeuge stützten, zeigten entschlossene Mienen, bereit, diese auch für andere Zwecke als zum Hacken oder Schaufeln einzusetzen. Peter erstarrte und wich zurück. Träumte er?

Vorsichtig lugte er nochmals nach draußen. Es war so! Der Bach plätscherte zwischen seinem Haus und der Kirche, so als sei nichts geschehen, und drüben schien sich das ganze Jenseits versammelt zu haben, entschlossen, diese Kirche im bischöflichen Territorium, wo sie jetzt lag, zu verteidigen.

Der halbe Mond beschien ungerührt alle beide gleichmäßig sanft: die Kapelle da drüben, und den Schuppen, in dem Johannes Dilg im vergangenen Jahr so eifrig gepredigt hatte. Doch der ahnte nichts und schlief in Pleizenhausen den Schlaf des Gerechten, mit der kurfürstlichen Verordnung auf dem Pult in seiner Amtsstube.

Peter lehnte sich gegen den Pfosten. Ihm schwindelte, er atmete flach, wieder und wieder schaute er hinaus und versteckte sich schnell wieder, so als täte er etwas Unrechtes. Er traute sich nicht hinaus, um die Nachbarn zu alarmieren. Er spürte, dass er und alle hier einen Kampf für immer verloren hatten. Wer von den Herren da oben würde sich wohl um diesen gottverlassenen halben Grenzort kümmern? Sein Kirschbaum drüben im Jenseits gehörte ab morgen ein für allemal nicht mehr ihm! Auch Maria würde nicht mehr kichern, darüber, was die „Brüder aus dem Jenseits“ geschafft hatten! Denn auch sie würde ab heute wohl kaum noch einen Fuß in die Kirche setzen können!

Wenige Tage später, am 15. August, beobachteten die Diesseitigen verbissen die Prozession der Jenseitigen zu Mariä Himmelfahrt. Ein Triumphzug! Vergeblich versuchte Pfarrer Dilg mit den kaum mehr als 50 erwachsenen Evangelischen, begleitet von wütenden

Bauern der Umgebung, ein paar Halbstarken im Stimmbruch und verschüchterten Mädchen, lautstark einen stundenlangen Gottesdienst in dem Feldschuppen zu feiern. Unermüdlich sangen sie gegen die Prozession an. Nach vier Stunden mussten sie aufgeben. Ratlos stand Peter vor seinem Haus. Nur noch fünf Meter trennten ihn jetzt vom Bach, auf dessen gegenüberliegender Seite seine Kirche stand, umjubelt, und schwer bewacht.

Sein Blick fiel auf Maria. Sie saß in der Wiese, starrte abwesend über den Bach durch die Reihe der entschlossenen Männer und Frauen gegenüber. Büschel von Gras riss sie aus und schien es gar nicht zu bemerken. Ihre Gedanken konnte Peter lesen: In diesem Moment dachte sie nicht an die verlorene Kirche! Sie dachte an den verlorenen Kirschbaum!

Die Frau des Löffelschnitzers

Ein Oktobertag im Waldhüttendorf Damflos, 1744

Das Wasser des Dammflüsschens war frisch und kalt. Dennoch wusch Barbara sich bedächtig und gründlich im Wind der frühen Morgenstunden. Ihr Mann hatte sich mit der Hott voller Löffel und anderen Holzwaren noch zur Dämmerung auf den Weg gemacht, die Männer gingen im Wald ihrer Arbeit nach und die anderen Frauen und Kinder waren frühzeitig aufgebrochen, um Bucheckern zu sammeln, von denen es dieser Tage reichlich gab. Man musste zusehen, dass man so viele wie möglich einlagern konnte, bevor der Herbstregen einsetzte. So waren alle unterwegs und sie selbst war sicher vor den Blicken der Jungen. Die fünf lose verstreut liegenden Hütten der Waldsiedlung auf dem Damm über ihr lagen still und einsam wie selten, nur Elisabeth, eine der Drießler-Töchter, stöhnte auf dem Hocker, auf dem sie seit zwei Tagen vor der Hütte ihres Vaters saß, seit jenem Tag, als sie ihre „Strafe“ erhalten hatte. Ihr Leib schmerzte, sie konnte den Arm nicht mehr heben. Sie war etwas älter als Barbaras Sohn, die beiden waren, damals noch sehr klein, gemeinsam mit den anderen Kindern in den Wald gelaufen, hatten Beeren gesammelt und sich dabei Arme und Beine in den Büschen zerkratzt. Matthias Drießler, der gestrenge Mann aus der Schweiz, war Calvinist und hatte merkwürdige Ansichten über Gott und die Welt, fand Barbara. Er unterband mit zunehmender Härte die Kontakte seiner Töchter zu seinen wallonischen Nachbarn. Weil die herangereifte Elisabeth den Herzenswunsch des Vaters, sich mit einem der evangelischen Bauernsöhne aus Züsch zu verbinden, nicht erfüllen konnte, musste sie leiden. Eine „Strafe Gottes“ sei sie, so klagte ihr Vater allabendlich in seinem Gebet, ein „unnützer Fresser“ und hoffte auf eine gnädige Schicksalswendung. Aber Elisabeth hatte noch keinen Leibeigenen aus Züsch gefunden, der sie heiraten wollte. Dafür erlitt sie die harte Hand ihres Vaters.

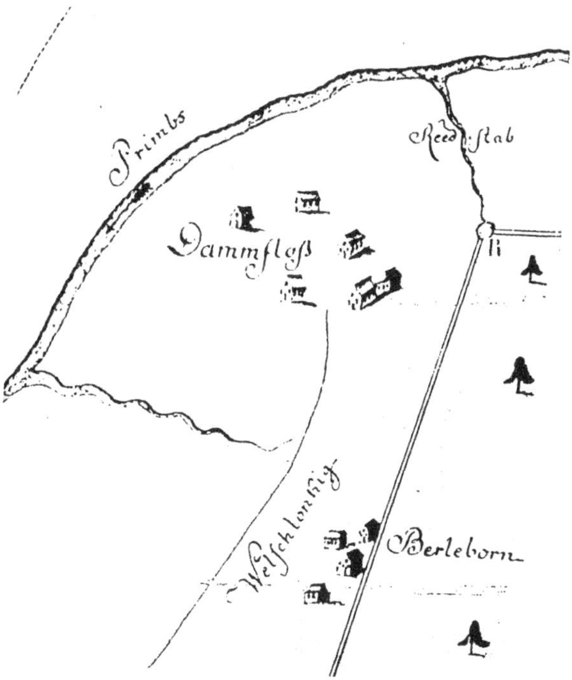

Kartenausschnitt des Sponheimischen Lehens zu Züsch mit Damflos und Welschlonkig, gez. im Mai 1744

Barbara genoss das Alleinesein. Sonst musste sie das Wasser immer herauf schleppen, um sich im geschützten Raum der Hütte zu waschen. Das stand ihr heute ohnehin noch bevor: Kübel voller Wasser zu schleppen. Denn sie musste die Hütte und alles, was darin war, vor Einbruch der nassen Jahreszeit durchreinigen.

49 Jahre war sie jetzt alt, verblüht, und nicht mehr so robust wie noch vor 14 Jahren, als sie mit ihrem Mann Johann Peter Dellwo und den Kindern, darunter der damals schon erwachsene Sohn, der auf seinen Vater getauft war und mit vier weiteren Kindern hier in der Hüttenwaldsiedlung angekommen war.

Ihr Mann hatte das Handwerk des Nagelschmieds erlernt, aber damit war zu Hause, im Lütticher Land, nichts mehr zu verdienen gewesen. Wie hatte er ihr damals imponiert, mit seinen breiten Schultern, seiner Kraft! Viele Männer hier in der Siedlung sahen knochig und schmächtig aus, nicht so Johann Peter! Beide, Sohn und Mann, hatten hier schnell mit der Arbeit für das Eisenwerk in Züsch beginnen können: der Junge als Erzgräber, der Vater gut bezahlt als Holzfäller. 22 Kreuzer gab es pro Klafter gefälltem, zerkleinertem und gestapeltem Buchenholz. Nachdem der Unternehmer, ein Mann aus Wallonien namens de Hauzeur, das Werk schließen musste, zog der Sohn, zum Facharbeiter aufgestiegen, mit seiner Frau der Arbeit nach, hinunter in das gut zwei Stunden entfernte Abentheuer, wo de Hauzeur selbst logierte und ein größeres Werk betrieb. Johann Peter aber war mit Barbara und den anderen Kindern auf dem Dammfluss geblieben, denn Holz brauchte man auch für das Werk in Abentheuer. Rund um den Dammfluss standen die Buchen noch dicht und spendeten mit ihren weiten, dichten Kronen Schutz vor Unwettern und vor der Erbarmungslosigkeit der Sommersonne. Rund um Abentheuer aber lagen große Teile des Waldes nackt und kahl, de Hauzeurs Eisenhütte verschlang Unmengen an Holz! Es musste von immer weiter her nach Abentheuer transportiert werden, und immer näher kamen die Abholzungen an die Gegend um Züsch heran. Johann Peter fällte zusammen mit den anderen Männern weiterhin die Buchen rund um Züsch. Hier hatte er sich einiges Ansehen erarbeitet, und mithilfe seiner Söhne konnten sie alle vorläufig noch sicheres Geld verdienen. Am Ende einer Woche konnte ein Mann drei Gulden vorzeigen, wenn er zu arbeiten verstand, vielleicht sogar mehr. So genau wusste sie das nicht. Es war das Privileg des Mannes, das Geld zu verdienen, zu zählen und auszugeben. Auch wenn davon zur Genüge im Wirtshaus von Muhl umgesetzt wurde: Im Sommer reichte es allemal für mehr als nur zum Überleben, es waren fette Zeiten gewesen! Damals hatte sie auch das blaue Mieder mit dem weiten Rock erstehen können, es hing immer noch an der hinteren Hüttenwand, verblichen, teilweise zerfressen, aber von seltsamer Schönheit. Es war zu einer Besonderheit im braunen Einerlei der Jacken, Hosen und Röcke entlang der verrußten Bretter mit den notdürftig verstopften Ritzen geworden. Es fiel ins Auge, mehr noch als das kleine Kruzifix mit der Marienfigur links darunter.

Ja, das war eine kurze, unbeschwerte Zeit der Sicherheit gewesen!

Mittlerweile hatten ihre Söhne und auch die Töchter in andere Waldsiedlungen geheiratet, bis auf die beiden Jüngsten, Reinhold und Nikolaus.

Ihre Gedanken schwirrten durcheinander. Wo würde es die beiden hin verschlagen, und wie würde es dann weitergehen, mit ihr und Johann Peter? Noch war er kräftig, wenn er auch hinkte und seit dem Unglück im

Wald nicht mehr voll arbeiten konnte. Aber würden seine Löffel reichen, für sie beide, für die verbleibenden Tage, wenn Reinhold und Nikolaus sich erst einmal aufgemacht hätten, so wie sie und Johann Peter sich vor Jahren aufgemacht hatten? Vielleicht könnte einer von beiden heiraten und die Hütte mitsamt den Eltern behalten. Das wäre das Beste! Eine starke Schwiegertochter im Haus – das könnte ihr viele Sorgen nehmen!

Sie fröstelte. Gedankenverloren begann sie, sich trocken zu reiben. Das grobe Leinen brachte ihr Blut aus der kalten Starre, die raue Reibung über die unzähligen Bisswunden in ihrem von Insekten geplagten Körper tat ihr gut.

De Hauzeur stammte so wie fast alle hier im Wald außer dem Drießler aus Wallonien, das machte ihn zu einem von ihnen. Er war ein guter Mann, daran gab es für sie keinen Zweifel! Sie hätte ihn gerne einmal zu Gesicht bekommen! Wahrscheinlich sah er gut aus! Sie stellte ihn sich vor, freundlich, gütig, mit weißem Haar und gut gekleidet! Auf jeden Fall war er ziemlich mächtig, und er konnte sie alle beschützen! Gegen den Widerstand der Dürckheimer Herrschaft von Züsch hatte er durchgesetzt, seinen Arbeitern eine Kapelle an das Hüttenwerk zu stellen. Das Hüttenwerk lag nur einen Steinwurf entfernt von Züsch, man konnte von dort aus die Dächer der Leibeigenen und natürlich die Kirchturmspitze sehen. De Hauzeur schickte auch seinen persönlichen Hauskaplan von Abentheuer zum Hüttenwerk, jede Woche wurde die Messe gelesen. Die Kapelle war schon lange zu klein geworden für den Andrang der Hintersassen aus der ganzen Umgebung. In langen Schlangen standen sie nach einer Messe zur Beichte an, bevor sie sich, den Rosenkranz in der

Hand, auf den Weg zurück in den Wald machten.

Wenn sie nach einem solchen Messebesuch den Rückweg in den Wald antrat, war Barbara eigentlich ganz froh darüber, nicht den Leibeigenen anzugehören. Die Waldleute waren anders als diese Bauern. Die Bauern verfügten über große Häuser und Ställe, Vieh, Parzellen, Heu und Brot. Aber sie waren feige, trauten sich nicht allein in den Wald, schon gar nicht hinein in die moorigen Hangbrüche, und erst recht nicht bei Nacht. Barbara grinste, als sie an die Geschichten dachte, die sie erzählten: Merkwürdige Gespenster, Unheil bringende Waldgeister, kleine, auf Schaden sinnende Zwerge. Vor sowas und mehr hatten die Bauern Angst! Sie kannten den Wald ganz einfach nicht! Sie aber, Barbara und die anderen, waren eins geworden mit dem Wald.

Alle beteten für de Hauzeur, der dem Vernehmen nach schon achtzig Jahre alt war. Achtzig Jahre! Wie konnte man so alt werden? Das war eine besondere Gnade! Mochte der Herr dafür sorgen, dass es noch lange weiterginge mit ihm! Ihm allein, de Hauzeur, verdankten sie ihre Existenz. Er war es, der bis zuletzt ihren Mann bezahlt hatte. Er war es auch, der ihnen all die Jahre das Leben auf dem Dammfluss erleichtert hatte, mit regelmäßigen Zuwendungen und billig zu erwerbenden Waren für den Alltagsbedarf. Von ihm konnten die Hintersassen zu festen Preisen Hühner erwerben, für die sie beim Bauern in Züsch das Doppelte zahlen mussten. Früher waren auch noch Zicklein erlaubt, doch deren Zahl war eingeschränkt worden, wegen der Schäden, die sie im Wald anrichteten. Schafe waren leichter zu halten und waren vor allem im Winter von Nutzen, weil sie in den Hütten ein wenig von ihrer Wärme abgaben. De Hauzeur sorgte dafür, dass seine Arbeiter neben Gemüsebeeten noch Wiesen zugewiesen bekamen, außerdem verhandelte er wegen der „Raffberechtigung“ mit den Behörden und erwirkte, dass seine Leute alles aus dem Wald sammeln durften, was herum lag: Eicheln, trockene Zweige, und Laub als Streu fürs Vieh. Ein eigenes Ferkel durfte großziehen, wer einen Hirten zahlen konnte. Zwei Ferkel im Jahr stiftete de Hauzeur den Bewohnern auf dem Damm. Er verkaufte günstig Stoff, Arbeitskleidung für die Männer, Röcke und Schürzen für die Frauen, Schuhwerk, Felle für den Winter, und natürlich Alkohol. Er bezahlte eine Kuh, die stand in Züsch bei einem leibeigenen Bauern, tags auf der Weide und nachts im Stall. Ihre Milch konnten sich die Waldhüttenleute täglich abholen, der Bauer durfte keinen Preis verlangen. Früher brachten die Arbeiter vom Werk die Milch abends auf dem Nachhauseweg mit.

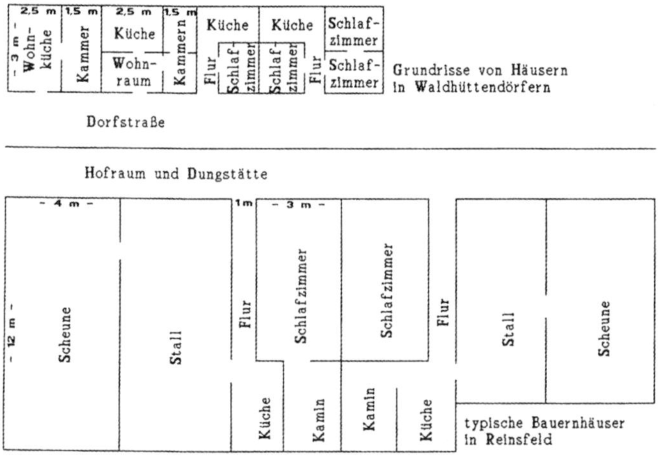

Größenvergleich Wohnraumplatz für eine Waldhüttenfamilie im Vergleich zu einer Bauernfamilie

Heute musste man die Kinder schicken. In kleinen Trupps liefen sie mit dem Holzeimer durch den Buchenwald nach Züsch und wieder zurück. Immer achtete man darauf, dass aus jeder Familie ein Kind in der Gruppe lief, damit sich niemand abzwackte, was ihm nicht zustand. Der Bauer sorgte ohnehin für sein zusätzliches Maß, das war klar! Man konnte es nicht verhindern.

Johann Peter hatte sich Vertrauen und eine gute Position erarbeitet. De Hauzeur hatte ihn für die Siedlung als Kirchenzensor eingesetzt. Als solcher musste er auf gute Sitten achten, darauf, dass alle auf dem Dammfluss sich anständig und gottgefällig benahmen. Vor allem durften sie keine Händel mit den Leibeigenen beginnen! Aus dem Dorf hatten sie sich fernzuhalten, kein Betteln in Züsch, und natürlich keine Gesetzlosigkeiten! Das war leichter gesagt als getan, denn was erlaubt oder nicht erlaubt war, änderte sich von Jahr zu Jahr. Das ehemalige Recht, die Tiere überall im Wald fressen zu lassen, unterlag starken Einschränkungen. Man konnte den letzten Stand der Dinge nie genau wissen! Und so lief man immer Gefahr, gegen ein neues Gesetz zu verstoßen.

Wo sollte das Vieh denn fressen, wenn eigener Boden verboten war? Die wenigen Schafe und Schweine waren der einzige erlaubte Besitz! Auf Waldfrevel und Wilderei standen Strafen, die die Familien vollständig ruinierten! Früher hatten die Männer schon mal eine Falle gegraben, aus der sie ein Reh oder ein Wildschwein herausholen konnten, doch solcherlei Zubrot war heute unmöglich geworden. Gelang es einem, unbemerkt einen Frischling zu keulen, musste der schneller auf die Seite gebracht und gegessen werden, als Wildhüter zur Stelle sein und die Überreste bemerken konnten.

Johann Peter sorgte in solchen Fällen für Ausgleich untereinander, gerechte Aufteilung, schickte die Männer zur Beichte. Der verdammte Drießler aber, der seine Vorteile auch schon mal bei den evangelischen Behörden der Landesherrschaft suchte, hatte anfangs die eigenen Nachbarn verpfiffen! Er war ein Verruchter trotz der täglichen lauten Beterei vor seiner Hütte, für die er seine ganze Familie antreten ließ. Manchmal hatte Barbara Angst vor ihm gehabt. Er war keiner von ihnen, er kam aus der Schweiz und war Calvinist. Man konnte einfach nicht verstehen, was ihn trieb! In den letzten Jahren war er zum Glück weniger großmäulig geworden, das immerhin musste man zugeben.

Die Schweine der Siedlung mussten die Waldhüttenleute dem Schweinehirten von Züsch anvertrauen, oder sie mussten extra einen Jungen aus den eigenen Reihen abstellen und entlohnen. Der 16-jährige Nikolaus war zur Zeit derjenige, der die Schweine in die Bucheckern trieb. Er kannte die erlaubten Plätze und hielt die Tiere fern vom Trupp der Frauen, die heute zum Sammeln unterwegs waren. Dreißig Kreuzer erhielt er dafür in der Woche, wieviel von jeder Feuerstelle war oft genug Gegenstand von Streit und Zank, den selbst Johann Peter nicht immer friedlich beilegen konnte. Dass die Zahl der Menschen auf dem Damm rasant gestiegen war, bedeutete zwar, dass die Kreuzer für das Schweinehüten leichter aufzubringen waren. Aber es bedeutete auch, dass man weniger abbekam von den beiden Schweinen de Hauzeurs. Die Aufteilung eines Schweins auf mal dreißig, mal vierzig Mägen an Weihnachten und dann wieder eins kurz vor der Fastenzeit war wochenlang der Zankapfel, an dem alle sich erhitzten. Der Hunger im Winter forderte Jahr für Jahr seine Opfer! Auch wenn man noch einige Hühner besaß und ein eigenes Schwein großgezogen hatte. Parzellen, auf denen etwas wuchs, was man im Winter einkellern konnte, so wie die Bauern es machten, durften sie ja nicht besitzen! Die Hütten hatten ja nicht mal einen Keller! Kappes, Getreide, Heu, Obstbäume – all das war ein Privileg der Leibeigenen. Die Hintersassen mussten sich aus dem Wald ernähren, neben dem Grün der Pflanzen Moosbeeren, Brombeeren, Blaubeeren sammeln, dazu Pilze, und wenn winters der Hunger nagte, auch Eicheln. Als „Eichelfresser" wurden sie deshalb verhöhnt. Nun – es gab Schlimmeres!

Was sie brauchten, konnten sie sich aus dem Angebot von de Hauzeur meistens dazukaufen. Ja, so war das Leben! Man musste zufrieden sein!

Schon immer hatte Johann Peter sich die Winterzeit mit dem Schnitzen von Essbestecken, Klammern, auch Bechern und verschiedenen Löffeln für jeden Bedarf verkürzt, und nun, da er, der ehemals so starke Mann, hinkte und weniger zum Fällen als zum Klaftern eingesetzt wurde, zog er es vor, häufiger mit der Hott voller Holzartikel langsam seiner Wege über Land zu ziehen. Das Buchenholz aus den Resten des Einschlags gab gute Löffel ab, fast alle Männer hier schnitzten Löffel, so wie fast alle Männer in Gonzerath Besen aus Birkenreisern banden und Unzählige aus der Umgebung Weidenruten zu Körben flochten. Die Männer schnitzten große und kleine Löffel und die Frauen rieben sie wieder und wieder mit derselben Lauge aus Buchenasche ab, mit der sie auch die

Milchgefäße schrubbten und die Wäsche von Keimen und Geziefer befreiten. Diese Lauge eignete sich wunderbar gegen die Angriffe von allerlei Gewürm und gegen Fäulnis, aber sie griff auch die Haut an, wenn sie zu scharf angesetzt war. Ein Eimer frisches Wasser zum Eintauchen musste bereitstehen, sonst brannte und schuppte die Haut unter der Ätze. War die Hott voll, machte Johann Peter sich auf den Weg, und dann konnte es geschehen, dass Barbara ihn für zwei, vielleicht drei Wochen oder länger nicht mehr sah. In der näheren Umgebung waren die Menschen gut versorgt mit den haltbaren Holzwaren, die selten zerbrachen, und so zog er seine Kreise in immer andere Richtungen. Nach Birkenfeld, nach Trier und entlang der Primbs bis an die Saar hatten seine Wege ihn schon geführt! Es ängstigte sie mehr als früher, wenn er so lange unterwegs war, sein langsamer Gang machte ihn zum leichten Opfer der Straßenräuber. War es doch gar nicht so lange her, dass dieser Hausierer, den sie den „Tiroler" genannt hatten, unweit von hier am Dollberg, erschlagen und ausgeraubt worden war? Die Tat hatte schnell die Runde gemacht, aber den verdächtigen Tagelöhner ließen die Behörden entkommen. Barbara seufzte tief. Ja, als Fremder unter Fremden konnte Johann Peter schnell zum Opfer eines gierigen Lumpen werden! Es war nie ratsam, mit Geld in der Tasche unterwegs zu sein! Viel brachte er ohnehin nicht nach Hause, sie wusste, dass er einen nicht unerheblichen Teil der Kreuzer in den Wirtshäusern und Spelunken ließ.

Nikolaus musste erwachsen werden! Mehr als ein Tagelöhner konnte er bestimmt verdienen!

Zitternd eilte sie den Damm hinauf, vorbei an Elisabeth Drießler, die abwesend vor sich hin jammerte. „Steh du mir bei, Herr“, verstand Barbara, und „meine Knie sind schwach und mein Leib ist mager und hat kein Fett, ich bin ihnen zum Spott geworden ...“* Schnell tauchte sie ins Dunkel der Hütte.

Jetzt hieß es voran arbeiten! Einen nach dem anderen schleppte sie die Laugen-Eimer hinaus. Schon vor zwei Tagen hatte sie die Lauge aus Buchenasche und Wasser angesetzt, und die hatte jetzt den richtigen Geruch, der ihr sagte, dass sie fertig war zum Ausätzen der Holzteller, Becher und der Dose mit dem Käse sowie zum Abtöten des Gewimmels von Plagegeistern in Bettwäsche und Kleidern. Mit dem, was übrigblieb, ließ sich noch die Hütte schrubben. Es war eine sehr harte Arbeit, für die sie ohne Hilfe länger als einen Vormittag brauchte. Vor allem musste sie immer für frisches Wasser aus dem Fluss sorgen, damit die Lauge ihre rissigen Hände und Arme nicht zu sehr angriff.

Sie begann damit, die Leinen des Bettenlagers in den Kübel mit der dünnsten Lauge zu stampfen und mit dem Wäscheknüppel im Kreis zu drehen. Schon nach wenigen Minuten wurden ihr die Arme schwer. Sie fischte das Laken heraus, manövrierte es in einen leeren Eimer und schleppte ihn zum Fluss, wo sie das Laken durchspülte. Dann schleppte sie den Eimer wieder hinauf, hängte es mithilfe der Holzklammern ihres Mannes, die aussahen wie kleine Männchen ohne Bauch auf zwei langen Beinen, zwischen die Bäume der Lichtung. Auf dieselbe Weise verfuhr sie mit den anderen Teilen, auch die Felle und Strohsäcke hängte sie ins Freie.

Für das Holzgeschirr verwendete sie die schärfere

**Psalm 109*

Lauge, und dafür brauchte sie jetzt einen Eimer frisches Wasser, den sie hinauf zur Hütte schleppen musste. Hilf Himmel! Es fiel ihr immer schwerer! Wie lange würde sie das noch schaffen können? Ihre Familie war nicht beständig, sowenig wie die Arbeitsstelle und der Platz im Wald! Das zeigte eine jahrelange bittere Erfahrung!

Schwer ächzend schaffte sie den vollen Eimer den Damm hinauf, einen Schritt – absetzen, zwei Schritte – absetzen. Sie trat sich auf den Rock, strauchelte, fluchte.

Zu spät fiel ihr ein, dass man bei der Arbeit niemals fluchen durfte! Man brachte Unglück über sich und die Seinen, wenn man bei der Arbeit fluchte. Dass das stimmte, konnte man ja gut an diesem Drießler sehen!

Matthias Drießler! Er kam ihr vor wie aus einer fremden Welt.

**Psalm 109*

Sie hatten merkwürdige Sitten, diese Calvinisten, fand Barbara. Sie hielten nichts davon, in aller Stille einen Rosenkranz zu beten. In der Öffentlichkeit baute Drießler sich vor Frau und Kindern auf, psalmodierte von Leid und Sünde, Sünde und Leid, Gottesfurcht und Gotteslohn, von Erlösung, von Tod und vom Teufel. Er gab sich nicht einmal die Mühe, lateinisch zu sprechen! Wer wollte, konnte jedes Wort verstehen! Sie fand das ungeheuerlich! „So spricht der Herr: Seine Kinder sollen umherirren und betteln, und vertrieben werden aus ihren Trümmern. Niemand soll ihm Gutes tun, niemand erbarme sich seiner Waisen! Seine Nachkommen sollen ausgerottet werden, ...“*

Barbara hielt sich oft entsetzt die Ohren zu und befahl auch ihren Kindern, die Hände über die Ohren zu legen. Dann wieder flehte er Gott herzzerreißend um Gnade an. Er tat ihr leid. Mehr als andere Väter war er gestraft damit, dass seine Töchter nicht wohlgeraten waren. So betete und fluchte er durcheinander. Dabei waren sie wohlgeraten, fand Barbara. Dass er die Töchter mit keinem wallonischen Schwiegersohn teilen wollte, weil es ihm als Frevel und vielleicht auch als wenig lukrativ erschien - dass er einen von diesen leibeigenen Lutheranern aus Züsch zum Schwiegersohn ersehnte, konnte man vielleicht verstehen. Es hätte ihn aus dem Stand der Rechtlosen heraus in den eines Untertanen gesetzt. Stattdessen musste er nun zusehen, wie Elisabeth zerbrochen vor der Hütte saß und jammerte, die zweite Tochter sich Liebäugeleien mit dem jüngeren Michel Collin hingab.

Drießler sah sich als von Gott geschlagener Mann, der die Strafe des Himmels verdient und trotz all seiner Frömmigkeit versagt hatte. Er besuchte den Gottesdienst in Züsch nicht mehr und nahm nicht mehr am Abendmahl teil. Er unterließ das wahnhafte Beten vor seiner Hütte und begann stattdessen damit, bei alltäglichen Verrichtungen Unverständliches vor sich hin zu brabbeln. „Der ist von Gott verlassen", sagte Barbara eines Abends zu ihrem Mann. Barbara fürchtete um seine Seele, und wenn sie vom Tag nicht zu erschöpft war, betete sie manchmal schnell einen Rosenkranz für ihn mit.

Sie glitt aus, stürzte, krallte sich im Bewuchs des Dammes fest. Das Wasser kippte aus dem Eimer, ergoss sich über ihren Rock. Im Liegen versetzte sie dem Eimer einen wütenden Tritt, so dass er zurück in den Fluss rollte.

Da tauchte Michel Collin vor ihr auf. Ohne ein weiteres Wort half er ihr auf, trug den Eimer bis an den Rand voll mit Wasser wortlos hinüber. „Sag Bescheid", sagte er noch und blinzelte, mit jenem überlegenen Blick, an den sie sich vage erinnerte. Dann schleppte er Wasser in seine eigene Hütte.

Ja – Johann Peter war ihm damals ähnlich gewesen! Er hatte getan, was er tun musste, und auch, wozu seine männliche Überlegenheit ihn trieb. So hatte er sie gewonnen.

Mit leisem Lächeln machte sie sich an die Reinigung des hölzernen Essgeschirrs. Sorgfältig befreite sie die Schalen von Käse und anderen Essensresten, bürstete sie mit der ätzenden Lauge aus und wässerte sie im Eimer. Ihr Blick schweifte über die Lichtung.

Die Zahl der Feuerstellen in all den Jahren war trotz Kinderreichtum, Abwanderung und Zuzug eigentlich recht beständig geblieben. Jedenfalls standen wie eh und je fünf lose verstreut liegende Hütten hier. Johannes Dupré war umgesiedelt worden, angeblich war seine söhnereiche Familie zu zahlreich geworden. Wieder und wieder verdächtigten die Behörden Duprés Söhne des Diebstahls. Solche Bezichtigungen führten meist zur Durchsuchung ausnahmelos aller Hütten. Sicher, sie waren wehrhaft, diese hager-muskulösen jungen Männer mit den struppigen Haaren rund um das bärtige Gesicht! Wenn sie betrunken waren, wollte man ihnen lieber nicht begegnen. Sie kannten sich in jedem Winkel des Waldes perfekt aus, durchquerten die Moore, allein das machte sie verdächtig. An Dreistigkeit und Schläue waren sie schwer zu übertreffen! Ein Sohn des Dupré hatte als Kind einmal dem Bauern in Züsch die Leiter weggestoßen, als der oben im Heuschober zugange war. Mit großer Unverfrorenheit hatte er, elf Jahre alt, einer der Kühe ein paar Strappen voll Milch abgemolken, während der Bauer von oben auf ihn herab fluchte, dann rannte er stolz mit dem Eimer nach Hause, in der Hoffnung, der Held des Tages zu sein. Stattdessen hatte sein Vater nur gefragt: „Hat er dich beobachtet?" „Na klar!", hatte der Junge stolz geantwortet und zur Antwort zwei fürchterliche Ohrfeigen erhalten. „Du wirst uns noch alle um Lohn und Brot bringen!", hatte der alte Dupré geschrien, und tatsächlich ließ der Besuch eines Trupps der Dürckheimer Herrschaft nicht lange auf sich warten. Sie mussten die Milch bezahlen, ein Strafgeld dazu, und seither behielt man sie im Visier. Jahre später konnten Barbara und Johann Peter dem jungen Dupré eine Tochter mitgeben. Das Paar war nach Thranenweiher gezogen, eine unruhige Gegend. Seither hörten sie wenig von den beiden. Vielleicht würde Johann Peter, wenn er von seiner Wanderung zurückkehrte, eine Nachricht von ihr bringen: ob sie guter Hoffnung war, gut genährt, und wie es mit der Vorsorge für den Winter stand.

Auch die Familie des elenden Reinhard Klos war zwangsumgesiedelt, er selbst in Gewahrsam genommen worden. Klos war kein Wallone, er war ein Hunsrücker ganz aus der Nähe, aus Malborn. Er war früher eigentlich ganz vertrauenerweckend gewesen, ein ganz normaler Nachbar. Aber er hatte nichts gelernt, die Tagelöhnerei hatte ihm zu wenig eingebracht, und eines Tages hatte er sich auf ein Gewerbe besonnen, gewinnbringender als Viehhüter oder als Ernteknecht: Reinhard Klos war als „Galanterie-Händler“ unterwegs. Barbara nagte an ihrer Lippe. Hatte sie ihn nicht als Paten für ihren vorletzten Sohn zugelassen? Hätte sie ihm denn eine ihrer Töchter für die „Galanterie“ mitgegeben? Er war immer rabiater geworden! Andererseits ... Man musste satt werden! Täglich!

Er hatte Unruhe in die Gesellschaft im Wald gebracht, hatte wiederum auch schnell gelernt, sich vor den Fäusten der Männer in Acht zu nehmen. Nie blieb er lange an einem Platz. Mal freiwillig, mal unter behördlichem Zwang wechselte er den Aufenthalt. Er und seine scheue Frau waren von Anfang an Fremdkörper in der Waldsiedlung gewesen. Sie hatten keinen Anteil gehabt am Gefüge der Arbeiter de Hauzeurs rund um das Hüttenwerk.

So stand immer mal wieder eine Hütte mehr oder weniger auf der Lichtung. Leerstehende wurden abgerissen, neue waren schnell wieder errichtet. Die Behörden von Züsch kamen, zählten Hütten und Menschen, schrieben alles auf Papier.

Barbara hatte zum Glück nie etwas mit den Behörden zu tun gehabt. Wann immer sie in Kindsnöten gelegen hatte, holte Johann Peter sofort den Kaplan, und der sorgte zuverlässig dafür, dass das nächste Leben sofort getauft und in Züsch aufgeschrieben wurde. Was sonst wollte man mit der Obrigkeit zu tun haben?

Wenn einer von denen die Hütte betrat, dann doch nur, um etwas zu suchen, was irgendwo anders verschwunden war. Meistens suchten sie Holz, und meistens hielten sie sich beim Betreten einer Hütte die Nase zu. Bei ihr im Haus hatten sie nie fremdes Holz gefunden. So dumm waren sie nicht ...

Aber das Leben musste schließlich weitergehen, und dazu brauchte man im Winter Holz.

„Dominus providebit“, murmelte sie, ohne zu verstehen, was sie da sagte. Aber der Kaplan hatte es ihr so beigebracht, für alle die vielen Sorgen rund um den nächsten Tag.

Aus dem Wald hörte sie die Stimmen der Frauen und Kinder. Sie stieß einen tiefen Seufzer aus. Das fröhliche Geplapper kündigte eine gute Ausbeute der Buchekernernte an!

Der Eremit vom Räzebore

Ein Tag im Leben des Fulgentius Opfermann, August 1771

Er griff nach dem Reiserbesen und begann damit, die Kirche zu fegen. Es war immer das Erste, was er tat, früh morgens nach der Laudes, gleich nachdem er die Ziege hinaus gelassen hatte, und noch bevor er sich wusch und etwas zu sich nahm. Gewissenhaft fegte er den Altarraum, den großen Raum des Kirchenschiffs, vergaß vor allem die Ecken nicht. Seit er die Eremitage am Reizenborn vor wenigen Monaten zum ersten Mal betreten hatte, fegte er die Kirche täglich und befreite sie weniger von Schmutz unter den Füßen der Gläubigen, denn betreten wurde sie außer von ihm selbst und denjenigen, die innere Einkehr und vor allem die Hilfe der Schwarzen Madonna vom Soon suchten, nicht sehr oft. Die Gläubigen kamen meistens am frühen Nachmittag zu der schlichten, matt glänzenden Statue aus Lindenholz.

Als er hierher gekommen war, hatte er sie auf dem Boden neben dem Altar sitzend vorgefunden. Sie hatte ihm nicht einmal bis zur Hüfte gereicht. Er fand, dass sie einen höheren Platz verdient hatte, und so hatte er ihr zunächst seinen Schemel aus der Eremitage geholt und sie darauf gestellt. Später hatte er ihr ein stabiles Podest gebaut. Nun thronte sie auf Augenhöhe und beruhigte die Gläubigen, die ihr ihre Ängste anvertrauten, wenn sie von schlechten Nachbarn bedrängt wurden, wenn Krankheit und Not ihre Familie beherrschte oder wenn der Teufel sich ihnen genähert hatte. Oft kamen Frauen, die vor der Zeit gesegnet worden waren, um Hilfe für sich, ihr werdendes Kind und für eine gute Ehe zu erbitten. Sie knieten vor Maria und beteten inbrünstig, kritzelten ihre innigsten Bitten auf eins der Votivkärtchen, die er immer bereithielt. Dann entzündeten sie der schwarzen Madonna eine Kerze. Sie, die Sanfte mit dem seltsam feinen Lächeln, würde helfen! Sie würde dabei helfen, das, was den Menschen in ihrer Beschränktheit widerfahren war, wieder gut zu machen. Sie würde dafür sorgen, dass niemand tiefer fallen konnte als in Gottes Hand! An normalen Tagen brannte eine frisch aufgestellte Kerze vor dem Gnadenbild, manchmal auch fünf oder mehr. Gelegentlich kamen größere Pilgergruppen und rasteten hier, bevor sie dem Jakobsweg in Richtung Trier folgten. Dann erhellten die Kerzen das zarte Gesicht der Maria und ihres Kindes, das aussah wie ein halbwüchsiger Knabe.

Aber ob Betrieb herrschte oder ob Stille ihn umgab: Es änderte wenig daran, wie er seinen Tag begann. Das sorgfältige Fegen diente vor allem der Entfernung von Hinterlassenschaften der Mäuse und der Marder, die sich trotz seiner Sorgsamkeit immer wieder durch die Ritzen drückten, ihrer Wege huschten und sich heimisch zu machen versuchten.

An Pfingsten war er nicht alleine gewesen. Da hatte sich der stille Ort in lebhaftes Getümmel verwandelt. Aus den umliegenden Dörfern waren die Menschen in Scharen herbeigeströmt: Simmern, Riesweiler, Mutterschied, Sargenroth und der ganze Soonwald hatten sich ein Stelldichein gegeben. In einer riesigen Prozession zogen sie zum Räzebore, sangen gemeinsam und empfingen den Segen, bevor sie sich im Schatten der Bäume niederließen, die Gemeinschaft genossen und miteinander Vesper hielten. Seine Aufgabe war es gewesen, die Kapellenutensilien bereitzustellen und für die Beköstigung der Geistlichen zu sorgen. Für ihn keine leichte Aufgabe, die er ohne Hilfe aus Riesweiler nicht alleine bewältigen konnte. Zehn Gulden erhielt er aus Simmern, um für die Vorbereitungen aufkommen zu können.

Die Prozessionen empfand er als sehr anstrengend. Das Gedränge, die vielen Menschen überall! Ihre lauten Stimmen konnte er, der sich jeder Form der Geselligkeit schon lange entwöhnt hatte, nur schwer ertragen. Aber er nahm diese Aufgabe an wie alle anderen Aufgaben auch. War das nicht leichter zu bewältigen als das, was hinter ihm lag?

Nun stand der nächste Tag bevor, an dem der Ort aus der Stille gerissen werden würde. Zu Mariä Himmelfahrt würden unzählige fremde Pilger auf ihrem Weg nach Spabrücken hier letzte Rast einlegen, und so war es besonders wichtig, die Kirche untadelig in Ordnung zu bringen.

Er fegte langsam und konzentriert. Er liebte es, diesen Raum zu fegen. Für ihn gab es keine schönere Andacht. Das leise, gleichmäßige Kratzen des Reisigs auf dem Fußboden ließ ihn eins werden mit der Welt, und mit ihr, Maria.

Nur ein halber Tagesmarsch trennte den Räzebore von der Wallfahrtskirche „Mariä Himmelfahrt“ in Spabrücken. Die üppig ausgestattete barocke Kirche in dem geschäftigen Wallfahrtszentrum war viel prachtvoller. Altarkreuz und Monstranz glänzten im Gold, auch auf der Jungfrau selbst lag der Glanz ihres Nimbus. Mehrere Brüder des Franziskanerklosters sorgten sich gemeinsam um das Wohlergehen der Wallfahrer,

und der Duft im Gotteshaus war der von echtem Weihrauch. Aber viele Pilger zogen so wie er den dürftigen Platz mitten im Wald in seiner Stille, seiner Bescheidenheit und Ruhe dem lauten Trubel in Spabrücken vor. Sie wuschen sich unten an der Quelle, die dem Ort seinen Namen gegeben hatte, dem „Räzebore". Genau hier war Maria jener Mutter zum ersten Mal erschienen, die um ihr sterbendes Kind gebangt hatte. Und dort hatte sie, Maria, das sprudelnde Wasser in eine Quelle des Heils verwandelt. Konnte es ein besseres Wasser geben, um sich zu reinigen?
Wenn die Pilger dann langsam der Madonna entgegen schlurften, die nackten Füße in den groben Schuhen voll mit getrockneten Erbsen, durchdrangen ihre Schmerzens-Seufzer den Wald, während sie die Perlen des Rosenkranzes durch ihre Finger gleiten ließen.
Das waren die Momente, für die er lebte. Um nichts in der Welt wollte er tauschen mit einem der Brüder im Kloster zu Spabrücken, und auch zu den Brüdern nach Simmern zog es ihn nicht.
Die meiste Zeit war es still hier oben. Die Dörfler kamen selten zu ihm herauf, eigentlich nur, um ihn mit dem zu versorgen, was sein Garten nicht hergab. Meistens schickten sie ihre Kinder, und die hielten sich scheu am Rande der Eremitage, luden Feldfrüchte, Eier, Käse und das Brot, an Feiertagen manchmal ein Stück Wurst ab, bevor sie mit dem klappernden Handkarren den holprigen Pfad schnell wieder hinunter stolperten. Viele der Kinder schienen Angst vor ihm zu haben. Er wusste, dass man sich seltsame Dinge über ihn erzählte. Manche Menschen fürchteten sein befremdliches Äußeres. Die braune Kutte, der streng geschnürte enge Gürtel um seine ha-

gere Gestalt, der schwarze Überwurf mit der Kapuze – nein, er war keiner von ihnen. Er blieb ein Fremder, ein „Peregrinus“, wie ein Bruder aus dem Simmerner Kloster ihn genannt hatte. Die meisten Menschen fühlten sich beunruhigt durch seine Schweigsamkeit, sein abgewandtes Leben. Es störte ihn nicht. Er blieb freundlich, schenkte den Kindern dann und wann ein glitzerndes Kristallsteinchen oder eins seiner Schafe, die er schnitzte. Er liebte die Arbeit mit Holz, und wenn er in seinem zwischen Gebet und Arbeit streng geordneten Arbeitstag die Muße dazu fand, stellte er kleine Schnitzereien her: Kreuze, Statuetten, Krippenfiguren und kunstvolle Schweigerosetten, von denen eine den Eingang seiner Klause zierte. Besonders seine

Schweigerosetten waren von den Pilgern begehrt. Aber sie waren auch das Wertvollste, das er besaß. Ihre Herstellung hatte ihn seit jeher lange Abende beschäftigt, schon lange bevor er hierher zum Räzebore gefunden hatte.

Den gestrigen Tag hatte er damit verbracht, die Kirche mit Wacholder zu räuchern, und so durchzog ein herb-würziger Duft den Raum. Die Beeren des Wacholders holte er sich aus den vielen weitläufigen Heiden der Umgebung. Er war es gewohnt, weite Strecken zu laufen. Das Laufen war ihm zu einer lieben Gewohnheit geworden. Hier, am Räzebore, war dieses endlose Laufen keine Schinderei mehr, so wie damals, auf seinem Weg nach Santiago de Compostela. Hier brachte das Laufen ihm Abwechslung und eine tiefe innere Befriedigung wie fast alles, was er tat.

Er brauchte sehr viele Wacholderbeeren, um die Kirche regelmäßig zu räuchern. Er bediente sich auch der Zweige und achtete darauf, immer einen Vorrat bereit zu halten. Das Räuchern kostete jedes Mal sehr viel Zeit und Mühe. Es war eine Last, den scharfen Geruch der pelzigen grauen Gäste zu besiegen, die sich im Altarraum täglich zu vermehren schienen, wenn er nicht aufpasste.

Aber er passte auf!

Als er im eiskalten März des Jahres 1771 auf Weisung der Kongregation der Eremiten aus dem Bistum Mainz zum ersten Mal den Räzebore betreten hatte, hatte er den verlassenen Ort unwirklich kalt und lebensfeindlich vorgefunden: kahl und weiß die Lichtung, übelriechend der Kirchenraum. Sein Vorgänger, ein ihm unbekannter Bruder mit Namen Johannes, hatte dieses heilige Fleckchen Erde 1769 verlassen. Ob er gestorben war? Oder ob er das harte Leben hier nicht ausgehalten hatte? Ob er die Kongregation um seine Versetzung ersucht hatte?

Er wusste es nicht.

War es denn von Bedeutung?

Die Karwoche und das Fest der Auferstehung des Herrn am 31. März hatte er mit den Brüdern im Kloster zu Simmern verbracht. Erst als die Frühlingssonne sich durchzusetzen begann, war er hinauf in die immer noch bitter kalte Eremitage gezogen. Vor allem nachts war ihm trotz einiger Scheite Holz im Ofen die Kälte in die Glieder gekrochen. Aber seine streng eingehaltenen Tagesrituale bewiesen sich als lebensspendend. Das frühe Aufstehen, der Gang hinunter zur ewig sprudelnden Quelle und zurück bis zur Kirche brachte das gefrorene Blut nach und nach wieder zum Laufen. Wenn er dann die Kirche betrat, begann die Farbe langsam in sein fahles Gesicht zurückzukehren. Und wenn er mit einem seiner Reiserbesen, die er ständig neu zusammenband, die ungebetenen Gäste vertrieb, fühlte er eine Welle von Wärme in sich aufsteigen.

Jetzt, im August, hatte er den Platz bereinigt, den Wildwuchs zurückgeschnitten. Die Ziege, genügsam so wie er, hatte ihm dabei geholfen, indem sie Gestrüpp und Dornen beharrlich benagte. Er hatte sich einen Garten angelegt, in dem er neben Salat, Rettich und Wurzelgemüse vor allem Kräuter zog. Er sorgte für den Platz so, wie er für die Kirche sorgte.

Während er fegte, fiel sein Blick auf Maria. Ihre Schlichtheit rührte ihn an. Schon immer war sie es gewesen, die ihm geholfen hatte, seine Schwächen zu überwinden. Zwiesprache mit ihr befreite ihn. Er empfand dabei mehr, als wenn er mit dem Erlöser selbst sprach. Er wusste auch nicht, warum das so war. Mit Frauen hatte er sich in seinem ganzen bisherigen Leben niemals gerne unterhalten. Aber sie – Maria – sie bildete eine Ausnahme.

Wirre Bilder tauchten vor ihm auf, Erinnerungsfetzen von lauten, lachenden Gesellschaften, in denen viel getrunken und gesungen worden war. Er war einer von denjenigen gewesen, die am lautesten gesungen hatten, er war beliebt gewesen für den Wein, den er vom Geld seines Vaters zahlte. Da waren auch immer einige Frauen mit dabei gewesen. Aber mit denen hatte er nicht geredet. Er hatte sie auf seinen Schoß gezogen und sie von seinem Wein trinken lassen.

Er schob den Gedanken weg und fegte hastig.

Die Morgensonne schickte ihre Strahlen durch das milchige Glas des Fensters an der Ostseite des Gotteshauses. Jeder dieser Strahlen suchte sich seinen eigenen Weg, einzeln trafen sie auf die Statue Mariens und tauchten sie in ein Wechselspiel aus Licht und Schatten. Er stellte den Besen zur Seite, legte die Hände gegeneinander und genoss den Augenblick. Nur wenige Minuten währte dieser Zauber, und während er sich versunken dem dunklen Schimmer ihrer hölzernen Gestalt hingab, überkam ihn eine Erinnerung, ein Gedanke: Sollte er ihr nicht über die Dauer der Morgenstunde hinaus für ein paar Tage goldenen Glanz auf ihr Gewand zaubern? Dass er nicht früher daran gedacht hatte! Er erinnerte sich dunkel an die lange zurück liegende Zeit seiner Kindheit: Hatte sein Vater für ihn und seine Schwestern nicht immer die Weihnachtskrippe zum Glitzern gebracht, mit dem Gold, das er aus groben grauen Steinen geschabt hatte, von denen er einige in seiner Werkstatt aufbewahrte?

Ja, noch heute wollte er sich auf den Weg machen. Er wusste von dieser Stelle, wo man solche Steine finden konnte, nicht weit von hier, im Külzbacher Tal. Dort lag der Eingang zu dem Stollen, wo er schnell fündig werden würde.

Plötzlich änderte sich sein Tempo. Er fegte den Kehricht zusammen. Hastig molk er die Ziege und hängte die frische Milch in den vorderen Raum seiner Behausung. Das „Refektorium", so nannte er diesen Raum im Unterschied zum dahinter liegenden Dormitorium, wo der Ofen stand und wo seine Pritsche lag. Es war einer der wenigen Scherze, die er sich erlaubte. Dann griff er nach dem hölzernen Eimer und lief raschen Schritts hinunter zur Quelle. Er erfrischte Gesicht und Arme an dem kristallklaren Wasser, schöpfte sodann in den Eimer und wusch sich gründlich.

Seit dem Ende seiner Zeit als Buß-Pilger, als er sich auf den Weg nach Santiago de Compostela gemacht hatte, genoss er wie nie zuvor in seinem Leben das tägliche Ritual des Waschens, die sorgfältige Reinigung seines Körpers von den Ohren bis zu den Zehen. Ausgiebig wusch er jede Furche in seinem Gesicht. Nur das Zurechtlegen seiner Haare und die Pflege seines üppigen Bartes gelang ihm bei Weitem nicht so, wie er es von früher her gewohnt war. Damals hatte er sehr viel Wert auf saubere Rasur und untadelige Haartracht gelegt.

Er ließ sich keine weitere Zeit mehr, pflockte die Ziege an, griff nach einem der Säcke, die überall im Raum unter der Decke hingen und in denen er alles sammelte, was er brauchte, wenn er unterwegs war. Ob Waldkräuter oder Pilze, Früchte und Beeren, trockene Zapfen, Bucheckern, Blätter, Zweige, Holz und natürlich Wacholder – alles landete in seinem Sack. Diesmal aber war er auf der Suche nach jenen grauen Steinen, in denen es golden glänzte: Pyrit. „Katzengold“, so hatte sein Vater gesagt. Er würde die Heilige Jungfrau damit zum Glänzen bringen! Er würde sie so erstrahlen lassen, dass die Pilger ihren Anblick für alle Zeit in sich tragen würden.

Leichtfüßig machte er sich auf den Weg. Er musste sich beeilen. Eigentlich war es viel zu spät, um seinen Gedanken in die Tat umzusetzen. So viel gab es noch zu tun, in den kommenden Tagen.

Das Laufen befreite ihn. Er fühlte sich leicht. Die Vorstellung, Maria mit Gold zu bestäuben, machte ihn glücklich. Konnte es denn eine schönere Aufgabe im Leben geben, als ihr zu dienen?

So viele Jahre hatten ihn die Dämonen bis in seine Träume verfolgt! Nur langsam hatte er aus tiefster Not zurück ins Leben gefunden. Seit er hier am Räzebore lebte, war seine Bedrängnis einer Leichtigkeit des Herzens gewichen. Es war nicht die grobe, laute Unbekümmertheit, mit der er sich früher ausgetobt hatte. Es war die Leichtigkeit eines Menschen, der die Welt überwunden hatte. Sie stand mit seinem tiefen Ernst in Einklang.

Während er vorwärts schritt, dachte er daran, wie sein Lebensweg ihn hierher, an diesen einzigartigen Ort, geführt hatte. Nirgendwo sonst hatte er einen Ort gefunden, der ihm so viel Kraft, so viel innere Befriedigung gegeben hatte! Nicht einmal die berühmtesten, die größten, schönsten, pompösesten Stätten der Christenheit konnten sich mit dem entlegenen Wohnort der Schwarzen Madonna vom Soon vergleichen! Sie waren ihm ohnehin alle viel zu laut gewesen.

Santiago de Compostela! Das Ziel seines zweiten Lebens, die Eintrittskarte in sein jetziges Leben. Er hätte nicht hierher gefunden ohne diesen grauenhaften Fußmarsch, der ihn fast um den Verstand gebracht hatte. Jede Nacht hatte er um Hilfe gebrüllt. Es hatte ihn niemand gehört, denn er hatte damit begonnen, menschliche Nähe zu meiden, und so hörte ihn nur selten jemand, wenn er vor Verzweiflung schrie. Gott allein konnte ihn hören, vielleicht auch erhören. Wenn nicht – würde er als Verdammter den Rest seiner Tage verbringen, und darüber hinaus bis ans Ende der Zeit.

War er nicht schon immer radikaler, rabiater mit sich und anderen umgegangen als normale Menschen? Hatte er nicht seit jeher aus vollen Kelchen getrunken, die leeren streitlustig auf Rivalen geworfen? Waren Grenzüberschreitungen und Rücksichtslosigkeit nicht von jeher Teil seines Lebens gewesen?

Sein „altes“ Leben war ihm eines Tages entgegengeschlagen. Nichts hatte mehr gestimmt in seinem Leben als einziger Sohn eines wohlhabenden Zimmermannes unter sieben Töchtern. Wie hatten seine Eltern ihn, den Hoffnungsträger, den Stammhalter der Familie, verwöhnt! Wie hatten sie ihn seinen Schwestern übergeordnet, seine Einzigartigkeit herausgehoben, mit jeder Geste, jedem Wort, täglich. Er hatte unerhörte Privilegien genossen, und als er, der geschickte Zimmermann, damit begonnen hatte, ein loses Leben zu führen und die Geschäfte, in die der Vater ihn eingebunden hatte, zu vernachlässigen, war es zu spät gewesen: Sein Vater hatte keine Macht mehr über ihn.

Im Gegenteil: Ermahnungen hatten dem Vater nur den Spott seines Sohnes, oft genug auch volltrunkene

Angriffslust eingebracht. Hilflos musste der Vater mit anschauen, wie sein einziger Sohn das Elternhaus ausnützte und nicht beschützte. Er, der Sohn, brachte seines Vaters Haus um den guten Ruf. Um seine Schwestern hatte er sich ohnehin nie gekümmert. Er aß mit ihnen an einem Tisch, solange sie nicht verheiratet waren. Familienfeste wie Hochzeit und Taufe hatten für ihn keinerlei Bedeutung. Kaum, dass er sich an die minimalen Gepflogenheiten hielt. Er hatte eine andere Gesellschaft gesucht und in den Schenken auch gefunden. Er hatte eine liederliche Spur hinterlassen, seinen Vater diskreditiert, seine Mutter verachtet.

Einen letzten Versuch hatte der Vater gemacht: Er hatte seinen Sohn erpresst. Er hatte ihm, der selbstherrlich alle Heiratskandidatinnen aus gutem Hause abgelehnt hatte, eine Frau zur Ehe vorgeschlagen, die Witwe eines Zimmermannes, schon älter, kinderlos, und freudlos. Heirat oder Enterbung – das war die Alternative gewesen. Den naheliegenden Vorteil im Blick, hatte er seinem Vater schließlich widerwillig zugestimmt. Er hatte sie geheiratet, sich eine kurze Zeit lang Mühe damit gegeben, die Geschäfte in Ordnung zu halten und seinen Platz im Haus einzunehmen. Aber der eheliche Alltag kam nicht recht in Gang. Wenn er sie nächtens aufsuchte, war es eher eine Pflicht, die er zu absolvieren hatte, als Zuneigung oder gar gegenseitige Freude. Es hatte nicht lange gedauert, da hatte er sie betrogen, hatte sich schlimmer als zuvor herumgetrieben und war immer häufiger betrunken nach Hause gekommen. Wenn er im Haus herumstolperte und ihr begegnete, genügte ihr bloßer Anblick, um auszuholen. Es war, als ob sie ihm immerzu nur im Wege stand.

Sie hatte sich recht schnell daran gewöhnt, ihm am besten gar nicht zu begegnen Und er hatte sich ebenso schnell daran gewöhnt, ihr das Haus und auch die Buchhaltung zu überlassen, und sich im Übrigen davon zu machen.

Nur wenn er ihre fein säuberlich notierten Aufzeichnungen zur Vorlage verlangte, gab es kein Entrinnen für sie: So ordentlich sie auch die Einnahmen und Ausgaben aufschrieb – sie erntete nichts als Beleidigungen und Grobheiten. Er ignorierte vollständig, dass er es war, der keine Einnahmen erwirtschaftete, und dass es seine Ausgaben waren, die diese ihm ewig unbekannte Frau, die er geheiratet hatte, tapfer verzeichnete, wofür sie seine Wut und seine Ohrfeigen zu spüren bekam.

Es konnte nicht schlimmer kommen im häuslichen Alltag!

Und doch kam es schlimmer.

Auf ihre alten Tage bekam sie sein Kind, ein kleines Mädchen. Es war von Anfang an zu klein, zu zierlich, und wenn es schrie, war es mehr ein Krächzen als das Schreien eines gesunden Nachkömmlings, wie er es von sich selbst erwartet hätte. Er hatte seine Frau dafür verantwortlich gemacht und sie verprügelt. Das lebensschwache Kind verstarb innerhalb weniger Tage. Erst als er dieses winzige Etwas kalt in seinen Händen hielt, hatte er begriffen. Es traf ihn wie ein Schlag, als er erkannte, dass er selbst es war, der den Lauf der vergangenen Jahre geprägt hatte. Plötzlich stand er neben sich, sah sich selbst, seine Hände mit dem Säugling, und es graute ihm vor sich selbst.

Eine Weile noch hatte er versucht, in der Umgebung

seiner Familie weiterzuleben. Doch nichts ging mehr. Wie Gespenster bewegten sie sich durch das Haus. Was er früher nicht tun wollte – das konnte er jetzt nicht mehr tun: eine Zukunft gestalten. Aus diesen Trümmern ließ sich nichts mehr bauen.

Er verabscheute sich. Er konnte sich selbst nicht länger ertragen, wollte keinen Menschen mehr sehen, konnte niemanden einen Tag länger aushalten.

Das war vor sieben Jahren gewesen.

Er hatte alles hinter sich gelassen. Im Kloster der Zisterzienser hatte er Zuflucht gefunden, und dort hatte er auch seinen neuen Namen erhalten: Fulgentius Opfermann. Wasser, so fühlte er, konnte seine Sünden nicht abwaschen. In der Selbstentsagung wollte er aufgehen, im Opfer seiner selbst die Brüder übertreffen! Er redete zu niemandem mehr außer zu seinem Beichtvater, einem klugen und gütigen Pater, dem die Regungen seiner verwundeten Seele nicht fremd zu sein schienen. Er betete, er nahm Hunger und schlimme Körperqualen auf sich; es schienen ihm nie genug zu sein. Doch es nützte nichts: Er fühlte sich beschmutzt, ehrlos, unwürdig.

Da entschied er sich zu einem bedeutsamen Schritt: Er wollte nach Santiago de Compostela pilgern. Auf dem Weg wollte er sich jeglichen eitlen Geschwätzes enthalten, kein Wort sollte über seine Lippen kommen! Und er wollte sich nicht waschen. Er wollte seine eigene Verdorbenheit durchleben. Erst wenn sein Äußeres sein Inneres nicht mehr versteckte, erst wenn sein Gesicht und sein Leib die Erbarmungswürdigkeit seiner Seele sichtbar werden ließen - dann, ja dann könnte er vielleicht Gnade finden vor den Augen des Herrn.

„Hast du das gut überlegt? Du willst den langen Weg gehen, ohne zu sprechen und ohne deine Haut und deine Kleidung zu reinigen? Weißt du, was das für dich bedeutet?“ Sein Beichtvater hatte versucht, ihn zu begütigen. Er hatte ihm, aus eigener, schwerer Erfahrung geläutert, den Weg als Diener Gottes im Dienst der Menschen aufgezeigt.

Aber dazu hatte er sich nicht fähig gefühlt. Konnte nicht allein ein Opfer, genommen aus seinem eigenen Leben, die Schuld am Leben seiner Familie wiedergutmachen?

Er hatte seinen Entschluss gefasst: Er würde den Weg überwinden, wollte mit niemandem sprechen außer mit IHM, dem Herrscher über Leben und Tod. Er wollte sich Haare und Bart nicht schneiden und sich nicht waschen. So lange nicht, bis er seine Schuld durchlebt und Erlösung gefunden hatte.

Der Weg war ein Weg durch die Hölle. 1500 Kilometer lagen vor ihm, als er seinen Weg begann. Nach zwei Wochen und 300 Kilometern war er zum ersten Mal in seinem Leben schwer krank geworden: Seine Füße schmerzten, von Rissen und aufgeriebenen Blasen übersäet. Er spürte jeden Knochen in seinem Körper, und wenn er am Weg lag, nicht mehr weiterkonnte, war er zu schwach, um sich die juckende Haut zu kratzen. „GOTT, wenn es DICH gibt – so lass mich DICH finden!“, so flehte er, wenn die Hilflosigkeit ihn übermannte. Allein dieser Wille hielt ihn aufrecht!

Sein Anblick verwandelte sich schnell. Es war ihm bewusst, dass etwas Monströses von ihm ausging: seine Ausdünstung, sein graues, mit Schrunden überzogenes Gesicht unter den wirren langen Haaren und sein von schmierigen Krumen durchzogenen Bart, in dem sich die Läuse eingenistet hatten, lud niemanden ein, ihm Barmherzigkeit zu erweisen. Es gab sie, die Brüder, die ihm einen Kanten Brot zuwarfen oder ihm Wasser brachten. Einer kam jeden Tag, gab aber schließlich auf. Jener Unbekannte war der erste gewesen, der ihm das Leben gerettet hatte! Dieser Mann war sein Samariter gewesen. Es sollte nicht der letzte Samariter auf dieser Reise gewesen sein.

Er passte nicht zu den anderen Pilgern. Sie, die anderen, suchten Gemeinschaft, beteten und sangen. Ihm aber verbot sein Gelübde, zu singen. Die anderen waren trotz aller Beschwerlichkeit des Weges guten Mutes. Er aber schwankte zwischen Verzweiflung und Unerbittlichkeit gegen sich selbst.

Nachts konnte er nicht schlafen. Er träumte, dass hundert Augen auf ihn herab starrten, ihn auslachten, wie er so da lag, in seiner ganzen Verderbtheit. Die Kruste von Dreck und Ungeziefer lastete schwerer auf ihm als seine körperlichen Gebrechen. Als seine Muskeln nicht mehr schmerzten, seine Füße ihn endlich wieder weitertrugen, setzte ein tagelanger Regen ein. Durchnässt schleppte er sich weiter. Wenn es möglich war, verkroch er sich in einem Schuppen, und wenn er keinen fand, lag er im Schlamm, bis es hell wurde. Er wurde krank, fiel in ein Fieber. Barmherzige Seelen nahmen sich seiner an, als er nicht mehr bei sich war, versorgten ihn, retteten ihm das Leben. Als er wieder zu sich kam, hinderte sein Schweigegelübde ihn daran, den Brüdern zu danken. Er wollte es auch nicht.

Hatte er nicht genau diesen Zustand angestrebt? In jenem Sommer hatte er viele tausend Schritte Zeit gehabt, darüber nachzudenken!

Er erreichte sein Ziel wund, abgemagert, die Augen tief in den Höhlen seines zerschundenen Gesichts. Als er die letzten Meter auf Knien rutschend überwunden hatte, wusste er, dass Gott ihm vergeben hatte. Er war durch die Hölle gegangen und hatte sie überlebt. Er fühlte sich Christus nahe, er spürte die Wandlung, die in ihm vorgegangen war!

Die Entbehrungen seiner Pilgerreise hatten ihn jedoch körperlich zum Wrack gemacht. Bei den Brüdern im Kloster der Santa Maria de Armenteira fand er Zuflucht und helfende Hände. Er schwebte zwischen Leben und Tod, und es dauerte lange, bis die schlimmen Dämonen verblassten. An ihre Stelle trat das leise, wissende Lächeln der Maria. Sie hatte ihn ver-

standen, das spürte er. Was wichtiger war: Sie nahm ihn an, gab ihm seine Würde zurück. Hinter seinen geschlossenen Lidern erkannte er seine Lebensaufgabe: Ihr wollte er dienen! Ihr allein! Sein ganzes Leben lang. Diesmal brauchte er kein Gelübde, um sich selbst zu binden. Es war sein innerster, sein freier Wunsch gewesen!

Gereift war er im folgenden Jahr zurückgekehrt. Sein Elternhaus besuchte er nicht. Die Suche nach Einsamkeit hatte ihn in den Hunsrück geführt, in die Eremitage am Räzebore. Wie war er Gott dafür dankbar.

Er hatte das Külztal erreicht. Zielstrebig legte er die letzten Meter zu dem verlassenen Stollen zurück. Dort im Abraum lag, was er suchte: Reste von Gesteinsbrocken, mit goldenem Pyrit und warm glänzendem Kupferkies. Kleine Brocken waren das, nicht größer als die Laffe seines hölzernen Löffels, achtlos dem Abraum überlassen. Bedächtig untersuchte er die Halde, fand einzelne Stücke und wog sie in der Hand. Ja, daraus konnte er etwas machen. Er stellte sich das rötliche Gold auf ihrem Gewand vor. Wie würde sie die Pilger verzaubern!

Zurück in der Eremitage, banden ihn die Pflichten des Gebets und der täglichen Besorgungen, bevor er endlich beginnen konnte. Sorgfältig breitete er einen seiner Säcke auf den Boden, legte darauf die Fundstücke, zertrümmerte sie eins nach dem anderen und sortierte sorgfältig die goldglänzenden Kristalle aus dem Gestein. Kaum fand er die Zeit zur Komplet. Es war schon dunkel, als er endlich genügend der harten Körnchen in seinem Suppennapf gesammelt hatte.

Im Schein der Funzel begann der wichtigste Teil der

Arbeit: Vorsichtig strich er Maria etwas von seinem Leinöl über das Gewand. Sodann verteilte er das Kristall vorsichtig darüber. Als er die Lampe schwenkte, glitzerte es im schwachen Licht rund um ihr liebliches Antlitz.

Er fühlte sich so glücklich wie nie zuvor! „Fulgentius“ – der Glänzende – das war sein Name. Fulgentius Opfermann, der graue Eremit vom Räzebore!

Dieser Ort, seine Bescheidenheit und sein unerklärlicher Glanz verband ihn mit der Schwarzen Madonna vom Soon. Kein Mensch würde das je verstehen. Aber vom Verständnis der Menschen war er längst nicht mehr abhängig!

Im Stall am Ende der Gasse
Herrstein, um 1905

Bertha lugte vorsichtig aus dem Fenster ihres schiefwinkligen, Fachwerkhauses vor der Zehntscheune. Nicht gerade ein Haus, das sich mit den anderen entlang der Gasse zwischen Uhrturm und Zehntscheune messen konnte: ebenerdig, und winzig klein. Zwei Räume, hinterm Haus ein kleiner Stall mit der üblichen quer durchteilten Türe, vor dem Haus die Wasserpumpe und die Bank dazu. Eine alleinlebende, unversorgte Frau musste sich damit begnügen.

Sie beobachtete das Huhn, das sich unruhig am Haus vorbei bewegte. Es kratzte und pickte nicht – es suchte etwas anderes, und sie wusste auch schon was. Ein schönes, ruhiges Plätzchen für das Ei, das sich bereits am Hinterleib abzeichnete. Auf solche Fälle war sie vorbereitet!

Bertha kannte alle Hühner, die auf der Suche nach Krümeln, Blättern von Grünzeugs und Salat oder einem seltenen Regenwurm täglich hier herumliefen! Sie kannte ihre Gewohnheiten, wusste, wie alt sie waren und wem sie gehörten, und sie erkannte immer den richtigen Moment! Sie fühlte in ihrer Rocktasche nach. Ein paar Krumen befanden sich darin – die würden reichen! Wenn sie jetzt hinaus ginge und die Henne damit durch die unten offene Tür in den Stall locken könnte - dann könnte es vielleicht gelingen. Falls nichts dazwischenkam! Dann müsste sie nur noch den Moment abpassen, bis es mit seinem triumphierenden Siegesgeschrei begann. Das durfte natürlich niemand merken! Vorher musste sie es schnell wieder loswerden! Das war gar nicht so einfach.

So leise wie möglich öffnete sie die knarrende Haustür. Gerade noch rechtzeitig bemerkte sie den gut rasierten, elegant gekleideten Nachbarn, der sich anschickte, zum Uhrturm hinunterzulaufen. Auch wenn ihre Schliche, sich immer mal wieder ein Ei zu „organisieren“, im Ort kein Geheimnis war – erwischen lassen durfte sie sich natürlich nicht! Streit und Ärger musste sie vermeiden!

Erst als keine Menschenseele mehr in der Gasse zu sehen war, traute sie sich hinaus. Das Huhn blinzelte sie an. Die beiden kannten sich, jeder wusste, was es bei dem anderen zu holen gab!

„Puttputtputt!“ Geschickt legte Bertha mithilfe Krumen in ihrer Schürzentasche eine Spur durch die offene Stalltür. Bedächtig stolzierte das Huhn hinein, pickte schnell noch, was es fand, machte es sich sodann auf dem bereitgelegten Stroh bequem. Berta sperrte die Tür von innen ab. Nun begann der anstrengende Teil der Arbeit: Das Warten, bis das Huhn seine Arbeit getan hatte. Das konnte schon mal eine ganze Weile dauern … Das Huhn hockte ja bequem im Stroh, sie aber, Bertha, sie musste mit dem einbeinigen Schemel vorliebnehmen. Anstrengende Arbeit, fand sie!

So hockten die beiden im dämmrigen Raum. Durch die Ritzen der Bretterwand fielen ein paar freundliche Sonnenstrahlen und trafen auf beide: auf das Huhn, das angestrengt mit dem Legen beschäftigt war, und auf die wartende Frau.

Endlich! „Goook – gackgackgack“ machte das Huhn, erhob sich und umkreiste mit Riesenspektakel stolz das hübsche runde Ei, das da im Stroh lag,. Blitzschnell sprang Bertha auf, öffnete die Schuppentür und scheuchte es auf die Straße. „Pock pock pock pock pock" – flügelschlagend rannte es die Gasse hinunter. Hochzufrieden ließ Berta das frisch gelegte Ei in ihrer Schürze verschwinden und begab sich ohne Verzug in die Küche. Sie strahlte, als sie das Ei für den Abend bereitlegte. Vorher war noch Zeit, ein wenig auf der Bank vor dem Haus zu sitzen und das Treiben in der Gasse zu beobachten. Gut gelaunt grüßte sie den Schäfer, der des Weges kam.

Ein Stern für Margaretha

Die Truhe des Matthias Josef Meurer am 24. Januar 1911
Löffelscheid, 1781 - 1911

Geistesabwesend saß Peter am Kopfende der zu einer langen Tafel zusammengestellten Tische „in Böffe“, der Wirtschaft seiner Schwiegereltern. Schemenhaft nahm er das Geschehen um sich herum wahr: das gedämpfte Gemurmel, das Geschepper der Löffel in den irdenen Schüsseln und Tellern, der dumpfe Schlag der Krüge, wenn sie, einmal hochgehoben, wuchtig zurück auf den dicken Eichenbohlen der Tische landeten. Er fühlte sich ein wenig benebelt.

Das ganze Dorf hatte Anteil genommen an seiner Trauer über den Hingang seines Vaters, des alten Matthias Josef Meurer, über die Gemeindegrenzen hinaus bekannt als „Matthes Jusep“, der Weber. Obwohl er die Weberei schon seit Jahrzehnten aufgegeben hatte und vom Weber wieder zum Ackerer geworden war, war er den Menschen als Weber in Erinnerung geblieben. „Matthes Jusep“ – das war mehr als nur ein Name gewesen! „Das ist aus Matthes Juseps“ – so sagten die Leute, wenn sie von seinen Enkeln sprachen, oder von dem Leinen, dessen Muster unverkennbar seine Handschrift trug. Nirgendwo sonst hatte man damals, zu einer Zeit, die in Peters Erinnerung nur in vagen Bildern lebte, ein Leinen mit Mustern wie denen von Matthes Jusep bekommen können!

„Weber’sch“, so hatten die Dörfler das Haus seit Großvater Johanns Zeiten genannt. Johann, der ewige Junggeselle, war der erste Weber gewesen! Kennengelernt hatte Peter seinen Großvater, von dem man in Löffelscheid ein halbes Jahrhundert nach seinem Tod noch mit Achtung sprach, nicht mehr. Es gab nur noch seinen Webstuhl, das Haupt-Möbelstück des Hauses, das früher den Großteil der Stube eingenommen hatte. Als ,Kind hatte Peter im Winter oft auf der Ofenbank gesessen und Vater Matthes zugeschaut, der Zentimeter um Zentimeter seiner Stoffe webte. Das Geräusch vom Auf und Ab der Kettfäden, wenn der Vater das Pedal betätigte und das Schiffchen von einer Seite zur anderen flitzen ließ, würde Peter nie vergessen.

Vater saß oft sehr lange am Webstuhl und arbeitete, solange das Tageslicht es zuließ. Wie lange das schon her war! Fünfunddreißig Jahre, vielleicht länger!

Erst viel später begriff Peter, dass der Vater damals mit seinem Handwerk gegen die Zeit gekämpft hatte.

Das Nächste, woran er sich erinnerte, war der plötzliche Tod seiner Mutter. Margaretha, die geschickte Bäuerin, der keine Arbeit schwer fiel, war wenige Tage nach ihrem 42. Geburtstag beim Aufschichten vom Heuwagen gerutscht und schwer verletzt liegen geblieben. Der herbeigerufene Knochenflicker hatte sie untersucht, dann hatte er den Kopf geschüttelt. Und auch der aus Blankenrath herbeigeholte Arzt konnte nichts mehr für sie tun.

Vaters anhaltende Trauer überraschte selbst seine engsten Freunde aus dem Kirchenvorstand. Alle, die ihn schätzten, boten ihm Hilfe an. Allzu deutlich liebäugelte manch einer damit, Matthes Jusep die eigene Tochter anzudienen. War er auch kein Weber mehr, so verfügte er doch über beneidenswerten Besitz an Parzellen, hatte im Kirchenvorstand etwas zu sagen, und er war im besten Mannesalter.

„Du brauchst eine Frau, Matthes Jusep! Jemand muss dir das Haus führen! Denk an deine zwei Jungen!“

Peter schreckte aus seinen Gedanken auf, als ein unsanfter Knuff in den Arm ihn traf.

„Hab ich das nicht immer zu ihm gesagt, Peter? Du brauchs en Fraamensch, Matthes Jusep! Hab ich immer gesagt! Meine Schwester hätt‘ ihn geheiratet, und das wär‘ gut so gewesen!“

„Ei jo!“, sagte er lässig. „Er hat halt nicht gewollt.“

„Dem war keine gut genug!“, rief der andere. Es war der Schwager von Onkel Johann aus Haserich. „Das war schon vor 50 Jahren so. Wir dachten schon, der wollte gar nicht heiraten! Der hat an allen vorbei geschaut. Als der ganz allein gelebt hat, ohne seine Mutter und ohne seinen Vater, und die Maria auch schon verheiratet und nicht mehr im Haus, da haben alle „Fraaleit“ ihm die Aufwartung gemacht. Weißt ja, wie es ist!“ Er lachte und prostete Peter zu. Peter lachte zurück, als er kräftig mit ihm anstieß. Aber er fand keinen rechten Gefallen an dem Gespräch. Er wusste nicht, was er antworten sollte.

Katche Baas, eine Cousine seiner Mutter, nickte langsam. „Wir haben uns so viel Mühe gemacht, ihm zu gefallen! Wie gut dein Vater ausgesehen hat, Peter! Ich wollte so gerne, dass er ein Auge für mich gehabt hätte! Er war immer gut gekleidet, und er hat Manieren gehabt, dein Vater! Sehr gute Manieren! Von ihm hätte ich mich sogar zum Heiligen Vater begleiten lassen!“ Sie seufzte, so als sei ihr etwas entgangen.

Peter sah zu ihr hinüber. Ihre Offenheit überraschte ihn, und sie war vielleicht dem Branntwein geschuldet. Trotzdem machte das, was sie sagte, ihn stolz. Unwillkürlich musste er lachen.

Es war das erste Mal, dass er heute lachte. Die alten Männer lachten befreit mit, es riss sie aus dem trübseligen Gedenken. „Aber dann hat er die Margaretha genommen. Wieso gerade sie – das habe noch nicht mal ich begriffen, und ich war ihre beste Bas'! Aber sie hat mir kein Sterbenswörtchen verraten, bis zur Verlobung nicht, kein Wort!"

„Ei warum denn nicht! Sie hatte wohl Angst, du hättest ihr die Augen ausgekratzt?" Die Männer schlugen sich lachend auf die Schenkel.

„Nicht jeder hat so ein Glück gehabt wie er!", nickte ihr Nachbar. „Ich hab die Margaretha ja auch gut gekannt. Hab' sie nach der Schule immer begleitet, bis zum Germanspfad, wo sie runter gelaufen ist an die Mühle von ihrem Großvater. Nach der Schule ist sie nicht oft im Dorf geblieben, nur sonntags war sie hier, in der Kirche. Natürlich nicht alleine. Kann mich nicht erinnern, dass der Alte sie zum Tanz gehen ließ."

„Der Müller hat sie ja nicht gehen lassen!", rief ein anderer. „Der hat sie ja bewacht wie den Gral! Ohne den Wachhund durfte sie ja nirgends alleine gehen!"

Welcher Wachhund? Peter wusste, dass sie, früh verwaist, im Hause ihrer Großeltern in der Steines - Mühle unten am Brühlbach lebte, bevor sie Vater geheiratet hatte und zu ihm nach Löffelscheid gezogen war. Es ärgerte ihn, dass hier jeder mehr zu wissen schien als er selbst.

„Wer war das, der Wachhund?" fragte er.

„Ei, das war ihr ältester Bruder, Gott hab ihn selig!", erhielt er zur Antwort. „Vor nichts mehr hat der alte Müller Angst gehabt als dass ihm seine zwei Enkel, die Margaretha und die Maria, einen Bankert mit nach

Hause bringen. Da hat er keine Schlupflöcher gelassen."

„Recht hat er gehabt! Bringt ja nichts, so'n Bankert. Bringt ja nichts! Haben wir ja erlebt, hier in Löffelscheid! Führt ja zu nichts außer ewigem Elend!"

Das stimmte freilich. Peter lachte mit den anderen in die Runde, bis er hustete. Der Husten begleitete ihn fast täglich. Angefangen hatte es nur leicht. Seit ungefähr fünf Jahren aber war es nicht mehr zu leugnen: Der Staub des Schieferbergwerks hatte von seiner Lunge Besitz ergriffen. Wenn das Getreide gesenst wurde, wenn das Kalb in der Kuh Hilfe brauchte, wenn der Ärger ihn packte oder wenn er lachen musste, dann machte sich der Husten in ihm breit und ließ sich nicht einfach herunterspülen.

Den Männern am Tisch ging es ähnlich wie ihm. Kaum einer unter ihnen, der mit seinen Parzellen das Brot für die Familie verdienen konnte. Fast alle hier in Löffelscheid brachen den Schiefer oder schürften das Erz aus dem „Barbarasegen" in Altlay. Gar mancher war sogar ins „Niederland" in die Bergwerke gegangen. Er fing die Gesprächsfetzen vom Nachbartisch auf, wo sein Bruder immer noch nicht wieder erschienen war. Margaretha! Sie redeten von Margaretha und davon, dass Vater sie geheiratet hatte, dass er keine andere geheiratet hatte, dass er nicht zum zweiten Mal geheiratet hatte ... Sie überlegten hin und her und stellten sogar Mutmaßungen an, wie Matthes Jusep sie wohl kennengelernt hatte. So als sei es bis heute einfach unerhört, dass niemand im Dorf etwas von der Verbindung der beiden bis zur offiziellen Bekanntgabe der Verlobung bemerkt hatte.

Peter rutschte auf seinem Stuhl herum, langte nach

dem Krug.

Wann und wo seine Eltern sich kennengelernt hatten, war nie Gegenstand der Unterhaltung zwischen Vater und Söhnen gewesen. Natürlich nicht! Seit wann redeten Eltern mit ihren Kindern über sowas! Er konnte sich auch nicht daran erinnern, dass sein Vater jemals in Böffe gesessen und „Männergespräche" geführt hätte. Immer wieder wurden in diesen vom Branntwein beseelten Runden derbe Witze über die Frauen gemacht, und ohnehin erfuhr es jeder, wenn der Nachbar seine Frau geschlagen hatte, und warum. Matthes Jusep nahm üblicherweise einmal sonntags nach der Kirche seinen angestammten Platz bei Böffe ein. Seine Söhne hatten sich ebenfalls dort eingefunden und hier hatte er selbst, Peter, Catharina, die Wirtstochter, kennengelernt. Sie war zupackend, derb, schön und ein wenig herausfordernd. Ihr Lachen fiel überall auf, ebenso ihr Geschimpfe, wenn jemand sich nicht anständig benahm. Er war 29, Bergmann und bereits gewählter Kirchenvorstand. Sie war 22, Jung-Wirtin und gestrenge Wächterin von guten Sitten in Kirche und Wirtshaus. Da heirateten sie. Es war ein gutes Arrangement! Außerdem war es eins, das jedermann im Dorf mitbekam, und das niemanden besonders interessierte.

Eine neue, größere und zeitgemäße Wirtschaft wurde, nachdem die alte abgebrannt war, bald nach der Eheschließung direkt an der Straße gebaut und in Betrieb genommen. Die Reste des alten Gebäudes wurden abgerissen; an seiner Stelle entstand Peters neues Wohnhaus, das er mit Frau und Kind und mit seinem greisen Vater bezog.

Es war ein schönes Haus, mit einem extra großen

Raum für Vater zwischen Küche und Stube, auch im Winter niemals ganz kalt. Aber Vater hatte es nicht behagt. Peter sah ihn vor sich, wie er unfroh auf dem Leiterwagen saß, mit dem auch die Möbel transportiert wurden. Peter führte die Ochsen langsam die Straße entlang, Catharina, ihre Schwestern und die Kinder folgten lachend und plaudernd. Matthes Jusep aber war verschlossen wie nie zuvor, sagte kein Wort, reagierte nicht auf das Geplapper von Fritz, seinem vierjährigen Enkel neben ihm.

Das war vor sieben Jahren gewesen. Manchmal fragte Peter sich, ob es richtig gewesen war, ihn umzusiedeln. Vielleicht wäre es besser gewesen, ihn in seinem Haus zu versorgen, so wie Tante Maria das früher getan hatte, bevor er Margaretha heiratete?

Er hatte dort alleine gelebt, mit dem jüngeren Bruder

Johann. Onkel Johann war ohnehin oft nicht im Elternhaus, sondern bei seiner Schwester Maria gewesen; dort war es lustiger für ihn, nicht so einsam. Zu Maria kamen die anderen Frauen zum Spinnen und zum „Maje“, und ihr Mann und Johann waren gleichaltrig, seit Kinderzeiten unzertrennlich: Kommunion, Schule, Firmung – alles hatten sie gemeinsam gemacht, nur nicht die Hochzeit. Die beiden jungen Männer verstanden sich gut, und so kam es, dass man Matthes Jusep allein hinter dem Fenster seines Hauses sitzen sah, wenn er nicht gerade webte. Vor allem im Winter sah man ihn in den Abendstunden beim Licht der Funzel, meistens saß er da und studierte den aktuellen Bauernkalender, manchmal sah man ihn schreiben.

Was er schrieb, das wusste keiner. Mit dem Führen der Kirchendokumente hatte er damals jedenfalls noch nichts zu tun gehabt.

Er erblickte seinen Bruder Matthes. Er stand bei Catharinas Mutter hinter dem Tresen. Peter erhob sich.

„Maju“, hörte er sie zu Matthes sagen, „was hat deine Mutter schön ausgesehen in ihrem Hochzeitskleid! Das war feinstes schwarzes Musselin, dein Vater hat es selbst gewebt, ein Muster aus Wien hat er hineingewebt, eins das in dem Buch gestanden hat.“

„Was für ein Buch?“ fragte Peter.

„Hossde dat noch net geseh? Hat er dir das nicht gezeigt?“

„Mir holl er et gewieß“, sagte Matthes schnell. „Er hat ja früher gedacht, dass ich auch mal Weber werden soll. Dass das Weben uns nicht mehr satt gemacht hat, hat er ja nicht vorausgesehen. Aber er hat das Buch nicht herumliegen lassen. Hat es abends in seine Truhe gelegt. Wir durften es nicht anfassen.“

Peter erinnerte sich vage an das Buch. Wenn Vater arbeitete, lag es aufgeschlagen neben dem Webstuhl auf dem Schemel. Peter konnte dann die schwarzen Silhouetten sehen, die es enthielt. Manchmal vertiefte sich der Vater auch abends hinein. Dann saß er am Tisch hinter dem Fenster und fuhr mit dem Finger die Zeilen und die Raster der Mustergirlanden ab.

„Das war sein größter Schatz, weißt du. Das Buch mit den Mustern aus Wien.“

„Aus Wien?“ Peter überlegte. Sein Vater, der Löffelscheider Ackerer, besaß ein Musterbuch aus Wien? Jetzt begriff er, warum das Buch nicht alle Tage herum gelegen hatte und warum er, als er klein war, es nicht anfassen durfte. Eigentlich hatte er es nicht so richtig wahrgenommen, und eines Tages, nach Mutters Tod vor 30 Jahren, war es zusammen mit dem Webstuhl plötzlich verschwunden.

„Ja, aus Wien. Von eurem Großvater. Der hat es aus Wien mitgebracht, als er weg ist aus Löffelscheid, damit der Franzose ihn nicht gekriegt hat." Seine Schwiegermutter freute sich, dass sie wusste, wovon er, Peter, noch nie gehört hatte. Sie wusste eine Menge mehr als jeder andere in Löffelscheid, und was sie wusste, wusste sie von ihren Eltern. In „Böffe" liefen seit jeher die Fäden zusammen. Nachrichten verteilten sich hier in das, was jeder wusste, und das, worüber gemunkelt wurde.

Fragend blickte Peter von ihr zu Matthes. Der nickte. Ihm schien diese Geschichte nicht so unbekannt zu sein. Zum wiederholten Male ärgerte es Peter, dass er als „der Kleine" nie so richtig erfahren hatte, was „die Großen" wussten. Er war der ewige Nachzügler!

Aber er war es auch, der Vater am nächsten gestanden hatte, bei ihm im Haus geblieben war und nun seine Sachen verwaltete, auch jene Truhe, die Vater bei sich im Zimmer stehen hatte. Mutter Margarethas fließend weiches Hochzeitskleid befand sich darin, ihre Haube, auch ihren Ehering bewahrte er dort zusammen mit ihrem Rosenkranz aus geschnitzten Perlen, ihrer Kette mit dem Kreuz und anderen Schmuckstücken auf. Er hatte alles in das Kopftuch eingeschlagen, das sie trug, als sie verunglückte, und in einer Schatulle verschlossen. Das hatte Peter gesehen, als er Vaters Tauf- und Hochzeitseintrag herausgesucht und dem Pastor gebracht hatte. Aber die Zeit, sich mit dem Rest der Truhe zu beschäftigen, hatte er noch nicht gefunden. In den Tagen der Totenwache hatte ein Kommen und Gehen im Haus geherrscht, das Gemurmel der Trauernden füllte Vaters Raum, während die Perlen des Rosenkranzes durch die Finger der Schwiegertöchter und der Nachbarn glitten.

Matthes kehrte den „Großen Bruder" heraus.

„Du weißt doch, dass der Franzose unser Erbfeind ist, Peter."

Was für eine Frage! Natürlich wusste Peter das. Er war ein gutes Schulkind gewesen! Er wusste alles über Napoleon und die Franzosen, dass sie bis an den Rhein alle Gebiete besetzt und in Mainz eine „Guillotine" aufgebaut hatten. Er kannte Napoleons Siege, den Rheinbund, den Russlandfeldzug und die Völkerschlacht, er kannte Blücher, Scharnhorst, Gneisenau und den Namen des österreichischen Feldmarschalls und hätte eine Menge mehr von den Befreiungskriegen aufsagen können. Wie oft hatte er das richtig aufsagen müssen! Sagte man was Falsches – gab's 'ne Batsche von Schulmeister Weigand. Peter wurde nicht so oft gebatscht. Manchmal wurde er von Vater zu Hause abgehört, da gab es nichts zu beanstanden. Nichts außer dem Gesangbuch hatten die Kinder in Löffelscheid seit Generationen besser gelernt als die Sache mit den Franzosen! Und die waren vor 100 Jahren endlich besiegt und zurück nach Frankreich geschickt worden!

„Also du musst wissen, dass die Franzosen uns hier die Söhne aus den Häusern geholt haben. Sie mussten in die Armee und für Napoleon kämpfen." Sicher, auch das wusste Peter. Langsam dämmerte ihm, was Matthes Erzählung vielleicht mit dem Buch zu tun hatte. „Großvater hat sich versteckt und ist nach Wien gegangen, richtig?" Warum hatte sein Vater ihm das nicht erzählt?

Matthes nickte. „Er war 20 oder 21 Jahre alt, da ist er mit ein paar anderen über den Rhein und von da aus bis nach Wien. Manche sind Soldat bei den Österreichern geworden, manche sind nicht wiedergekommen. Ich weiß es ja auch nicht so genau. Das war 30

Jahre, bevor unser Vater auf die Welt gekommen ist, da war Großvater in Wien.“ Er machte eine Pause. „Johann hat Glück im Unglück gehabt: Er hat bei einem Weber Anstellung und Brot gefunden und hat bei ihm das Weben gelernt. Das war kein gewöhnlicher Weber, so einer wie unsere hier früher, die im Winter das Flachsgarn verwebt haben. Das war ein Musselin-Fabrikant, bei dem gab es das feinste Garn, das feinste Tuch. Und Muster! Das waren Wellen, Zweige und Girlanden, Blüten... Das Buch hat Großvater zum Abschied geschenkt bekommen.“

Peter verstand. So also war das gewesen mit seines Vaters Haus! Großvater Johann hatten die Franzosen aus Löffelscheid getrieben, und so war er auf von Gott gefügten Umwegen über Wien zum qualifizierten Weber geworden, und sein Haus wurde zu „Webersch“. Die Stoffe seines Vaters und Großvaters waren ihm natürlich nicht unbekannt. Jede Frau im Dorf, die es sich leisten konnte, trug an Feiertagen stolz die Tracht vom Stoff aus dem Hause „Webersch“ oder „Matthes Juseps“. Daran gab es nichts Besonderes. Catharina trug heute eine edle schwarze Tracht mit hoher Haube und schwarzem Kragentuch, auf das sie beide sehr stolz waren: Catharina wegen des Musters, Peter wegen Vaters Können.

Catharina kam und hakte sich unter. Aufmunternd drückte sie den Arm ihres Mannes.

„Matthes hat Peter gerade erklärt, wo sein Großvater das Weben gelernt hat“, lachte ihre Mutter. „Der hat das gar nicht gewusst! Du musst ihm mal die Tracht von unserer Regina zeigen. Tuch aus Webersch! Wir gehörten bestimmt zu den Ersten, die bei deinem Großvater gekauft haben, Peter. Man musste sich das ja leisten können!“

Peter blickte auf. Regina - das war Catharinas Großmutter. Er nahm sich vor, sich das Kleid zeigen zu lassen und es mit denen Catharinas und seiner Mutter zu vergleichen.

Er hatte sich nie Gedanken gemacht über seinen Großvater. Es hatte ihn als Kind stolz gemacht, wenn einer zu ihm sagte: „Loh, de klähn Webersch“, und später, als der Webstuhl still stand, da hieß es „De klähn Matthes Juseps!“ Heute sagte man über ihn: „Mathes Juseps Peter“. Großvater Johann lag schon 15 Jahre auf dem Friedhof von Löffelscheid, bevor er, Peter, zur Welt gekommen war. Mit dem Handwerk seines Vaters war Peter aufgewachsen, als sei es das Normalste von der Welt. Peter konnte sich nichts anderes vorstellen, als dass das Leben immer so weitergehen und er eines Tages selbst Weber werden würde. Die Sorgen seiner Eltern hatte er als Kind nicht weiter mitbekommen. Manchmal hatte er ehrfürchtig zugeschaut, wenn Vater abends die Zahlen ins Abrechnungsbuch notierte und dabei die Stirn angestrengt in Falten legte. Erst als Mutter starb, Vater den Webstuhl endgültig zusammenklappte und Matthes nicht Weber, sondern Bergmann lernte, war ihm nach und nach bewusst geworden, dass der Weberei - Grundlage für Wohlstand und Ansehen seines Hauses - keine Zukunft mehr beschieden war. Peter wurde Bergmann wie sein Bruder, unterstützte die häusliche Ökonomie mit seiner Muskelkraft, erst recht nach dem frühen Tod von Bruder Johann. Solange er nicht verheiratet war, blieb er im Haus, beackerte nach der Schicht in der Schiefergrube die Parzellen und wahrte die Tradition seiner Väter, indem er sich im Kirchen-

Legende

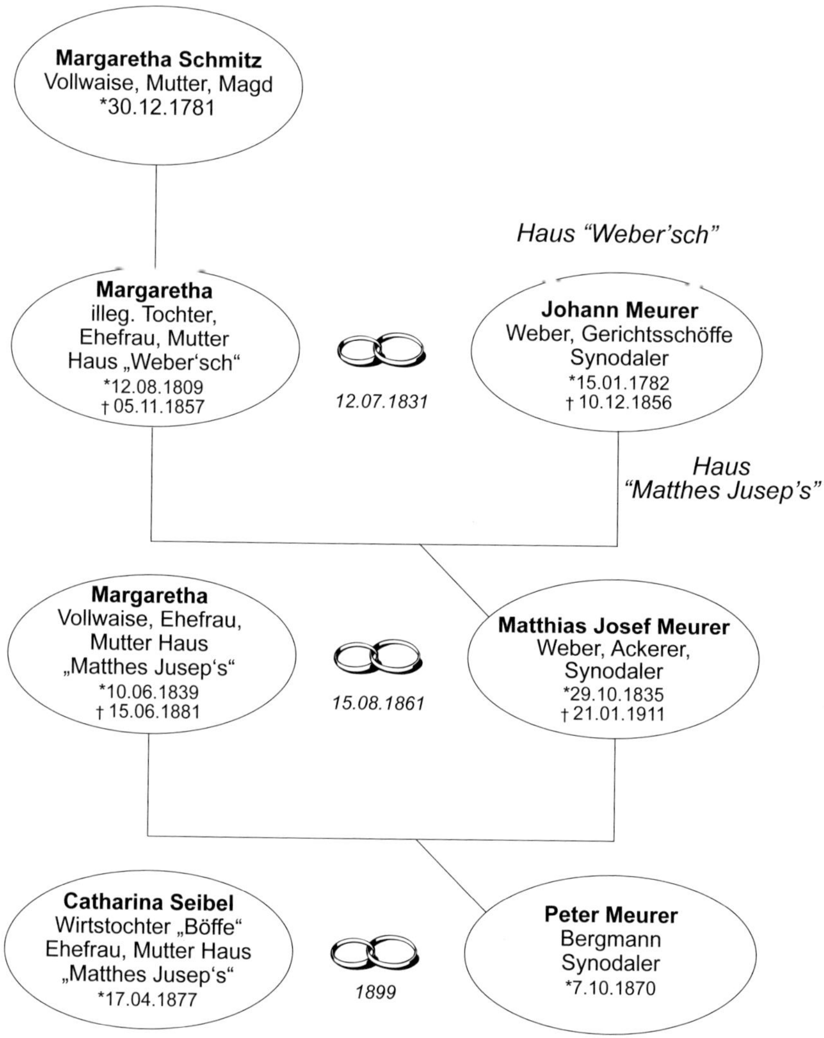

Truhe des Matthias Josef Meurer
am 24. Januar 1911

vorstand einbrachte.

Er hätte gerne noch so vieles gewusst über seinen Großvater! Vor allem interessierte ihn brennend, warum er erst mit fast 50 Jahren geheiratet hatte. Das war ein Alter, das beileibe nicht jedermann im Dorf erreichen konnte! Die Männer waren darauf bedacht, frühzeitig eine Familie zu gründen und für Nachwuchs zu sorgen. Warum nicht er, Johann Meurer, der Weber, wohlhabend, angesehen und sicher beliebt?

Er nagte an seiner Unterlippe. Er nahm sich vor, Matthes zu fragen, später, nicht jetzt. Nicht vor den Ohren seiner Schwiegermutter.

„Träumst du, Peter? Du hörst ja gar nicht zu!" Unverdrossen hatte seine Schwiegermutter weiter geredet. Offensichtlich verfolgte sie denselben Gedanken wie er!

„Was?"

„Ich habe gesagt, dass ich nie verstanden habe, wieso der alte Johann nicht geheiratet hat!"

„Hat er doch!" Er wusste, dass er sie mit dieser patzigen Antwort nicht zum Schweigen bringen konnte.

Tatsächlich ließ sie sich nicht beirren. „Ich meine, als er noch jung war. Also das tät mich wirklich interessieren! Das ist doch eine zu große Not für einen Mann, wenn er Geld hat und findet keine Frau! Ich hab den ja noch gekannt, und auch deine Großmutter, die Margaretha. Die hat geheißen wie deine Mutter. Er hat sie alle beide überlebt, die Mutter und auch die Tochter, obwohl sie 27 Jahre jünger war als er. 27 Jahre! "

„Eich wähs", erwiderte er einsilbig.

Was für Zahlenspielereien! Was wollte sie damit sagen? Es ärgerte ihn zutiefst.

„Der war genauso wie dein Vater, Peter! Dem war keine gut genug. Es hat mehr als 20 Jahre gedauert, bis er geheiratet hat, nachdem er aus Wien zurückgekommen ist. Mehr als 20 Jahre! Da wird ein Mann schon alt ...“

Woher sie nur immer alles wusste! Sie war doch, als Großvater Johann geheiratet hatte, selbst noch nicht einmal auf der Welt gewesen! Es verunsicherte ihn zutiefst, dass er weniger über seinen Großvater sagen konnte als seine eigene Schwiegermutter. Soviel war klar: Sie teilte ihr Wissen mit Alt und Jung, nur nicht mit ihm. Und vor allem mit den Frauen der Nachbarn! Was seine Schwiegermutter wusste – das ging eigentlich an keinem vorbei, hier in Löffelscheid.

„Webersch“ und „Matthes Juseps“ – das war die gediegene, die amtskirchliche Seite seiner Herkunft, dort wurden die Geburten, Eheschließungen und Sterbefälle aufgeschrieben und aufbewahrt, eine Arbeit, die er in seiner Eigenschaft als Kirchenvorstand mittlerweile mitbetreute. Böffe – das war das Treiben in der Wirtschaft. Es war, was die Männer zuerst erfuhren und die Frauen zuerst weitererzählten. Nichts davon stand in den Kirchenbüchern!

Er war froh, dass Matthes das Gespräch unterbrach. Er winkte Richtung Ausgang, wo der Gemeindepfarrer den warmen Mantel zuknöpfte, bevor er sich in den Schnee hinaus traute. „Lass uns Pastor Schütz verabschieden, Peter. Er muss vor der Dunkelheit in Peterswald sein. Hast du ihm den Speck bereit gelegt, Catharina?“

„Schon verpackt“, lachte sie.

Die drei bewegten sich durch die Tischreihen zur Tür. Die Trauergäste aus Peterswald verabschiedeten sich und verließen gemeinsam die Gesellschaft, bevor sie sich durch Schnee und Frost auf den Weg machten.

In Löffelscheid gingen die Lichter in Böffe noch lange nicht aus. Der abnehmende Mond beleuchtete die dunklen Silhouetten der Häuser unter dem Schnee, da schlurfte Peter vorsichtig über den vereisten Weg hinüber in sein Haus, wo Catharina sich zur Nacht vorbereitete. Er ging in die Stube und entzündete die Funzel. Einen kurzen Moment verharrte er vor der Tür seines Vaters, dann öffnete er und trat ein.

Vaters Bett, wo er in den letzten Tagen aufgebahrt gelegen hatte, ragte verlassen in den Raum. Zu Vaters Lebzeiten hatte es immer an der Wand gestanden, aber aufgebahrt hatten Peter und Matthes ihn im Zentrum des Raums. So war mehr Platz für die Besucher, die sich im Halbrund um Vater zur Wache und zum Gebet versammelt hatten. Die immer fleißige, umsichtige Catharina hatte schon für einen frischen Bezug gesorgt, außerdem hatte sie das kahle Bett mit einer Zierdecke bedeckt. Peter war ihr dankbar – die blanke Matratze hätte er kaum ertragen. Er bewunderte sie! Ihre robuste, routinierte Arbeitsdisziplin in jeder Lebenslage hatte ihm, dem viel sanfter veranlagten Mann im Haus, schon öfter über diejenigen Momente im Leben geholfen, in denen die Nachdenklichkeit seine Tatkraft übertraf.

Vaters Tisch mit der Schublade stand rechts hinter dem Bett. Er zog sie heraus und kramte einen Moment darin herum, ließ es jedoch schnell wieder sein: Alle diese Papiere hatte er in den letzten Tagen doch schon in der Hand gehabt, durchgesehen, das Wichtige weitergereicht. Was er suchte, konnte er hier nicht finden.

Die Truhe stand in der Ecke links hinter dem Bett. Er zögerte einen Moment, dann öffnete er sie.

Ungeduldig entnahm er ihr Mutters Kleid, Mieder, Schürze, Tasche und die Haube. Er legte alles über Vaters Bett. Auch den Schmuck in der Schatulle, eingewickelt in das Kopftuch, das sie am Tag ihres Unfalls getragen hatte, legte er ohne weitere Notiz dazu. All das kannte er. Er war nicht auf der Suche nach Erinnerungsstücken. Was er suchte, waren Antworten auf die Rätsel in der Vergangenheit seiner Familie!

„...Es hat mehr als 20 Jahre gedauert, bis er geheiratet hat, nachdem er aus Wien zurückgekommen ist. Mehr als 20 Jahre! Da wird ein Mann schon alt ...“ So hatte seine Schwiegermutter am Tresen laut nachgedacht.

War es so gewesen? Hatte sein Großvater erst mit fast 50 Jahren geheiratete, weil vorher keine „gut genug“ für ihn gewesen war?

Was seinen Vater betraf, so konnte er solcherlei Dünkel eher ausschließen. Seine Eltern waren fürsorglich und mit gegenseitiger Achtung miteinander umgegangen. Nie hatte Vater Mutter Margaretha geschlagen! Nicht einmal gebatscht! Sie war als Vollwaise, die bei Müllers auf der Steines-Mühle aufgewachsen war, alles andere als eine gut betuchte Partie gewesen!

Der Gedanke amüsierte ihn. Nein – das gute Tuch für die Haube, unter die Margaretha bei ihrer Hochzeit im August vor 50 Jahren gekommen war, hatte Vater selbst mit in die Ehe gebracht!

Er nahm die nächsten Stücke aus der Truhe. Es waren Vaters samtene Kniehosen, die kurze Weste, das weiße Hemd. Er legte alles neben Margarethas Kleider auf das Bett.

Unter weiteren Stücken stieß er endlich auf das Buch. Tatsächlich – es war das Buch mit dem festen Einband, das er früher auf dem Schemel gesehen hatte. 30 Jahre und länger war das her. Es war abgegriffen, zerlesen, manche Seiten lagen nur noch als gelbliche lose Blätter zwischen den harten, leicht durchgebogenen Deckeln. Ehrfürchtig nahm er es in die Hand und blätterte vorsichtig um. „Wien 1803“ las er.

Er kannte sie alle, diese Muster! Die Karos und die Rauten, die schmalen und die breiten Streifen, Wellenlinien mit und ohne Blätter, die zierlichen Knospen an Girlanden und die großen Blüten. Es war für ihn als Kind so selbstverständlich gewesen! Aber jetzt fiel ihm auf, warum Großvater Johann mit diesem Buch etwas ganz Besonderes auf den Hunsrück gebracht hatte. Schlagartig wurde ihm klar, dass ihm diese Kunst im Wettbewerb mit den Heim-Webern einen enormen Vorsprung verschafft und die Grundlage für Wohlstand und Gediegenheit des Hauses „Webersch“ bewirkt hatte!

Einige handbeschriebene Zettelchen lösten sich aus den offenen Seiten, taumelten zu Boden, rutschten unter das Bett. Er nahm einen auf und beleuchtete ihn. Aus verwaschener, schwer lesbarer Schrift las er heraus:

„...bescheinigen hiermit, dass gegenwärtiger Weber Gesell Namens Johan Meurer von Löffelscheid gebürtig, so 25 Jahr alt, und von groß Statur, auch schwartzen Haaren ist bey uns allhier 3 Jahr und 25 Wochen in Arbeit gestanden, und sich wehrend solcher Zeit treu, fleißig und Ehrlich verhalten habe; welches wir also attestieren, und deshalb unsere sammetlichen Mit-Meister diesen Gesellen nach Handwerks Gebrauch überal zuforderen geziemend ersuchen wollen.

Gegeben in Wienn, den 15 Okt Anno 1808“

Darunter stand der Name des Meisters Johan Scherer mit einem runden Stempel.

1808! Nach vier oder mehr Jahren war Johann zum Ende des Jahres aus Wien zurückgekommen, seinen Vater hatte er nicht mehr lebend angetroffen! Und wieder musste er über den Rhein! Es war genau die Zeit, in der die Franzosen die Dörfer nach Wehrfähigen durchkämmten. Großvater Johann konnte seinen Platz im Haus und am Webstuhl erst einnehmen, als keine Gefahr mehr drohte. Bis dahin wechselte er die Rheinseiten so heimlich wie ein Dieb!

Peter legte den Zettel auf Vaters Tracht und fischte nach den anderen unterm Bett. Die meisten waren mit Zahlen beschrieben, Preisen für Garn, Notizen zu Mustern und auch Listen mit den Namen sowohl von Großvaters als auch von Vaters Abnehmern. Manche waren mit Zeichnungen von Mustern bedeckt. Alle diese Papiere legte er mit dem Musterbuch auf den Tisch.

Er erreichte langsam den Boden der Truhe und fand mehrere Kuverts, in denen sich sorgfältig beschriebene Papiere befanden. Zu seinem Erstaunen stellte er fest, dass es sich um Abschriften der Lebensdaten einiger Familienangehöriger aus den Kirchenunterlagen handelte. Geburt, Hochzeit und Tod längst dahingegangener Paten, Onkel und Tanten waren fein säuberlich notiert, jeder Angehörige auf einem extra Blatt, mit Ehepartnern und Anmerkungen. Manchmal lagen mehrere Blätter in einem Umschlag, immer stand der Name des Familienoberhauptes auf dem Kuvert. Peter musste aufpassen, dass ihm nichts durcheinander geriet! Es tauchten ja von Generation zu Generation dieselben Vornamen auf: Peter, Matthes, Johann ... - und allzu oft auch dieselben Nachnamen! Bei den Frauen war es nicht anders! Und immer wieder hatte eine andere Catharina einen anderen Peter geheiratet ... Er durfte nichts durcheinanderbringen! Dazu brauchte er den freien Tisch – und Tageslicht! Bedächtig schob er die Aufzeichnungen zurück in die Umschläge.

Immer noch befanden sich zwei braune Umschläge auf dem Boden der Truhe, einer davon unüblich groß. Beide waren beschriftet mit: „Margaretha".

Erstaunt nahm er sie heraus. Auf allen anderen Umschlägen hatten die Namen eines Mannes, eines Familienoberhauptes gestanden. Warum war Matthes Jusep von dieser Regel abgewichen?

Er öffnete den großen Umschlag und stieß einen leisen Schrei aus. Was er darin entdeckte, war ein Stern aus Papier, so wie er sie früher in der Schule und auch mit seiner Mutter zu Hause ausgeschnitten hatte: ein Stern mit acht gleichmäßigen Strahlen, farbig verziert. Jeder Strahl war in zierlicher, feiner Schönschrift beschrieben. Die obere Spitze des Sterns lautete überall gleich: „Vielgeliebte meines Herzens, Margaretha", las Peter. Datiert war der Brief auf Januar 1861.

Vor genau 50 Jahren also hatte Vater an seinem Tisch im alten Haus gesessen und diesen Brief geschrieben!

Vorsichtig hob er den Stern in die Höhe und hielt die Lampe davor. Nur schwer gelang es ihm, die feine Schrift zu entziffern:

Vielgeliebte
meines Herzens
Margaretha

Nicht länger kann ich mich halten,nicht länger
mich bezwingen, mein Herz von dir in den
heisesten Liebesgrüßen auszuschütten.
Du bist die Liebste vor allen anderen in meinen
Augen die Hübscheste, Reinste,
die Zarteste,die Feinste.
Dein Anblick gewährt mir den einzigen Gegenstand,
den meine Gedanken umschmelzen.
Du bist das Ziel, das mir stetz vor Augen schwebt.

Berührt senkte er die Lampe und legte den Stern zwischen Margarethas Mieder und Matthes Juseps Weste. Er empfand eine Scheu davor, weiterzulesen. Durfte er das? Durfte er eine so intime Einsicht in das Geheimnis seines Vaters und seiner Mutter nehmen? Und doch! Ja! Was er da gerade gelesen hatte: War das nicht das Zeugnis der tiefen Liebe seines Vaters zu seiner Mutter? Und war er nicht ein Kind dieser Liebe?

Er dachte an die Gespräche des Nachmittags, und daran, dass Matthes Jusep nach Margarethas Tod nicht mehr geheiratet hatte, obwohl ihn damals viele dazu drängten. Nein – er hatte nicht noch einmal geheiratet. Was wäre wohl aus ihm, Peter, geworden, wenn Vater ihm eine Stiefmutter vorangestellt hätte! Undenkbar! Die fehlende weibliche Hand im Haus wurde von Maria organisiert. Wie schon in den Jahren vor Vaters Hochzeit sorgte sie in seinem Männerhaushalt dafür, dass immer etwas auf dem Tisch stand, für saubere, geplättete Wäsche im Schrank und auch für die Ordnung in Peters Schulheft. Eine neue Frau an seiner Seite gab es nicht. Matthes Jusep, der begehrte Witwer, hatte Margaretha wahrlich Treue über den Tod hinaus gehalten!

Peter nahm sich vor, den Stern morgen, bei Tageslicht, zu lesen. An Vaters Tisch wollte er sitzen und die verwaschene Schrift studieren! Aber seine Neugier auf den zweiten Umschlag mit der Aufschrift „Margaretha“ konnte er nicht bezwingen! Noch vor dem Schlafengehen wollte er wissen, was sich darin befand. Vielleicht noch ein Brief? Vielleicht eine Zeichnung, ein Musterentwurf für ihre Tracht? Vielleicht ein Brief von ihr, an ihn?.

Er fand ein einfaches, mit sehr vielen Daten beschriebenes Papier.

„Margaretha Schmitz“, geboren am 30. Dezember 1781“, las er. Es folgten Angaben zu Vater und Mutter der Margaretha Schmitz und zu ihren Geschwistern, denen er entnahm, dass Peter und Elisabeth Schmitz elf Kinder gesund großgezogen hatten. Was für eine Leistung! Kein einziges war ihnen gestorben! Man musste lange suchen, in den Kirchenregistern, um eine Familie zu finden, der nicht wenigstens ein oder zwei, oft auch drei oder vier Kinder schon früh wieder genommen wurden! Peter bewunderte diese Familie Schmitz, von der er keine Kenntnis hatte, so wie von den Familien in den anderen Umschlägen!

Margaretha stand am Ende der langen Reihe dieser Kinder. Als sie geboren wurde, waren ihre Eltern weit über 40, die ältesten Geschwister bereits aus dem Haus. Was hatte sie in Vaters Truhe zu suchen?

„Margaretha Schmitz, Magd des Johann Meurer, Weber, Gerichtsschöffe und Synodaler in Löffelscheid“, las er weiter.

„Aussereheliche Verbindung: Margaretha, geboren am 12. August 1809 in Löffelscheid, vaterlos. Eheliche Verbindung mit Johann Meurer, geboren am 15. Januar 1782."

Peter wollte seinen Augen nicht trauen!

Was hatte das zu bedeuten? Kein Zweifel: Es handelte sich, wie schon in dem Umschlag mit der Aufschrift „Johann Meurer, 15.Januar.1782" um Großvater Johann, seine junge Frau Margaretha, vor allem aber auch um deren Mutter!

Peter ließ das Papier sinken, ging zum Fenster und starrte hinaus. Er war mitten hinein getappt in die Geschichte seiner Vorfahren, die damaligen Wirrnisse , und vor allem in die Not der Franzosenzeit, die Johann erst zur Flucht gezwungen, ihn dann als Weber zurück nach Löffelscheid geführt hatte.

Und dann diese Margaretha Schmitz mit ihrem vaterlosen Bankert! Was war hier bloß passiert? Hatte Johann, der geachtete Großvater, sich schändlich verhalten?

Er rechnete nach: Johann und Margaretha Schmitz waren fast gleich alt; nur 17 Tage trennten sie voneinander. Sie waren 20, vielleicht 21, als Johann nach Wien reiste. Margaretha, Spätgeborene ihrer Eltern, war als Kind schon verwaist. Wie, wenn sie, die seit Kindertagen miteinander vertraut waren, Pläne für eine gemeinsame Zukunft geschmiedet, einander Treue geschworen hatten? Und als er endlich zurückkehrte, traf er Margaretha mit dem Kind eines Unbekannten an ihrer Hand!

Was musste in ihnen beiden vorgegangen sein, als sie sich zum ersten Mal wieder begegneten? Enttäuschte Liebe, Wut, Angst und Hilflosigkeit mussten sie gelähmt haben! Peter kannte das Ritual für gefallene Frauen aus eigener Anschauung; immer wieder gab es das: eine Frau mit einem Bankert! Beichte, Bußübungen, gesellschaftliche Ächtung ... Wie lange wohl mochte Margaretha Schmitz sonntags alleine auf der Armsünder-Bank gesessen haben, den mitleidlosen Augen einer selbstgerechten Gemeinde ausgesetzt, darunter jener Eine, der ... Bis der Kirchenvorstand sagte: „Jetzt ist es genug" musste Urgroßmutter Margaretha eine nicht enden wollende Zeit der Demütigung durchlitten haben, deren Stigma sie niemals mehr loswurde. Auch nicht, nachdem sie abgebüßt hatte!

Die Franzosen gingen und Johann kam zurück, und nichts war wie vorher. Peter überlegte. Was hätte sein Großvater tun können? Sie heiraten? Unmöglich! Es hätte auch ihn zum gesellschaftlichen Außenseiter gemacht.

Hätte er sie fallen lassen, die Verbindung mit einer besseren Familie eingehen sollen?

Peter sah seinen Großvater vor sich. Er, der Einzelkämpfer, der als einziges Kind seiner Familie noch in Löffelscheid lebte, suchte sein Fortkommen in seinem Beruf. Er brauchte die Frau an seiner Seite. Der erfolgreiche Weber hätte jede andere haben können! Aber eine andere als Margaretha?

Peter hielt es für möglich, dass sein Großvater daran gedacht hatte, sie zu verlassen. Aber er tat es nicht! Sie lebte bei ihm, als seine Magd. Und sah man sie in der Öffentlichkeit auch nicht an seiner Seite: Sie war die Seine! Vor allem: ER blieb die IHRE!

Fortan engagierte er sich im Kirchenvorstand, setzte

sein Gewicht und seine Erfahrung in Fällen wie diesen ein, so wie später sein Sohn. Das immerhin wusste Peter: Vater Matthes Jusep war gestreng, aber nicht unbarmherzig gewesen, wenn er mit den Synodalen gemeinsam einen dieser Fälle zu entscheiden hatte, in der die Braut zu früh gesegnet worden war ... Wo es möglich war, hatte er die öffentliche Schande eines Brautpaares mit einem Königsmantel bedeckt.

Aber bei Großvater Johanns Magd, seiner späteren Schwiegermutter hatten die Dinge anders gelegen. Für sie gab es keinen „Königsmantel". Für ihr Wohl oder Weh gab es nur ihn – und es war seine Entscheidung gewesen, ihr treu zu bleiben, anstatt eine standesgerechte Ehefrau zu wählen. Er versorgte sie und ihre Tochter lebenslänglich. Ein Arrangement, das sie alle trug.

Das allerdings keine legitimen Nachkommen versprach.

„Dem war keine gut genug", dröhnte es ihm in den Ohren. Ja – schon. Aber nicht so, wie die Leute dachten!

Wie viele Jahre ging das so!? Sie verzichtete auf eine Ehe, er verzichtete auf Kinder, und als sie alterte und ihre Tochter erblühte, heiratete er die 22 Jahre junge Margaretha und verlieh ihr vor Gott und der Welt den rechtschaffenen Status der Ehefrau und Mutter von „Webersch".

Was für ein Umgang mit den Umständen der Zeit, mit Franzosen, Löffelscheidern und mit dem Pfarrer! Was für eine Voraussicht! Was für eine Treue zu – Margaretha!

Peter schüttelte den Kopf, als er darüber nachdachte!

Langsam legte er alle Papiere zusammen und verstaute sie wieder in der Truhe. Bevor er den Stern für Margaretha sorgfältig einwickelte, versuchte er noch ein paar von Vaters Zeilen zu entziffern. Wenigstens ein paar!

O geliebte Margaretha!
Könnte ich einmal allein mit dir
schprechen und dich umarmen, so schätzte
ich mich für den glücklichsten in der weiten Welt.
Ich würde dir dann Alles ans Tageslicht bringen,
was bis jetzt noch in meinem
brennenden Herzen verborgen ist.

Vielgeliebte
meines Herzens
Margaretha

Offen sollst du meine Vorsätze hören,
die die Liebe schon so lange in meinem Herzen versteckt hält.

Vortragen würde ich dir meine ganze Gesinnung, ausgießen vor dir meiner Seele heimlichsten Gedanken.

In diesem Zustande würde ich mich dann glücklicher preisen können, als alle Könige und Kaiser der weiten Welt.

Denn was wäre mir vortrefflicher, lieblicher und angenehmer, als von der geliebten meines Herzens geliebt zu werden.

Vielgeliebte
meines Herzens
Margaretha
In diesem Zustande soll nichts auf der

weiten Welt
nicht einmal der Tod mich von dir scheiden.
Lieben werde ich dich bis zum Tode,
lieben noch dort in jener Nacht der Ewigkeit.

Er verschloss die Truhe. Den Schlüssel steckte er ein. Er wollte nicht, dass Catharina das alles finden konnte, bevor er es für an der Zeit hielt. Noch war er nicht so weit. Bevor er mit ihr sprach, musste er selbst verstehen…

Er stieg hinauf in die Kammer, legte sich zu ihr. In die Trauer um seinen einsamen alten Vater mischte sich ein nie gekanntes Gefühl von Stolz auf seine Familie. Wie nie zuvor fühlte er sich verbunden mit seinen Eltern, Großeltern und mit ihr, der ersten Margaretha, seiner Urgroßmutter.

Der Pieter Bruegel des Hunsrücks

Der Maler Igor Ihloff, 31. Dezember 1936 – 14. Februar 2002

Es war im Sommer in den 80er Jahren in Dommershausen, da kam die Hausherrin nachhause und freute sich auf die Schüssel mit den herrlichen frischen Erdbeeren, die sie für sich, ihren Sohn, ihren Mann und auch für den Gast bereitgestellt hatte, der für eine gewisse Dauer im Haus logierte, für die Zeit, in der er einige künstlerische Gestaltungen an Fassaden und Hoftor und Garagentüren des Anwesens vornahm.

Von den Erdbeeren war keine einzige mehr da: Ihr Sohn hatte sie komplett verspeist, und so wurde an diesem Abend nachhaltig geschimpft, vielleicht auch geflucht.

Der Übeltäter hatte wenig zu seiner Verteidigung beizutragen und verschwand kleinlaut in seinem Zimmer, wo er auf einem der ersten schwarz-weiß-Computer mit den WANG-Programmen seine ersten Experimente unternahm.

Als am folgenden Tag die Hausherrin nachhause kam, wurde ihr mit einer Mischung aus erwartungsvoller Neugier und einer Portion Stolz eine farbige Zeichnung hingeschoben. Das Bild zeigte einen jungen Kerl, der sich gierig über eine große Schale roter Erdbeeren hermachte, vor ihm der grobklotzige Computerbildschirm, der seine Farbe von einigen zerlaufenden Tuben voll Blau, Gelb und Rot erhielt und so die Zahlen und Buchstaben besiegte. Im Vordergrund leuchtend der Rest der Erdbeeren, so viel sinnlicher, so viel verführerischer als der graue Bildschirm.

Der Gast hieß Igor Ihloff. Er war jener skurrile Hunsrück-Künstler mit der feinen Beobachtungsgabe,

Igor Ihloff

einem gewissen Hang zum Absurden und dem ebenso drastischen wie detailverliebten Pinselstrich, der sich mit dem, was ihn umgab, auf seine Art beschäftigte. 50 Jahre war er alt. Zehn Jahre zuvor hatte er den Hunsrück zu seiner Wahlheimat gemacht, und so gut er in seinen besten Zeiten in den angesagtesten Städten Deutschlands auch bezahlt gewesen sein mag: Die längste Zeit seines Lebens hat er hier verbracht und gemalt. In dem kleinen Flecken Eveshausen, auf halber Strecke zwischen Beltheim und Burgen, hatte er in den 25 Jahren seines freien Schaffens auf dem Hunsrück eine dauerhafte Bleibe gefunden. Er, den es bisher nirgendwo lange hielt, hatte diesen Ort gesucht und gefunden: den ehemaligen Tanzsaal über der Dorfkneipe.

Aber noch war es nicht soweit.

Woher er kam, fanden seine Freunde erst nach seinem Tod heraus:

Geboren wurde Wolfgang Erich Karl in Prenzlau in der Silvesternacht von 1936. Fast ist man versucht zu sagen: Ein Grenzgänger von Geburt an! Nach dem Abitur verließ er sein Elternhaus. Der „antifaschistische Schutzwall“ stand noch nicht; Wolfgang Erich Karl schlüpfte durch die Berliner Lücke von Ost nach West. Das war das Letzte, was seine Familie von ihm mitbekam und er von ihr.

Diese wenigen Daten sind das Ergebnis von Recherchen seiner Freunde anlässlich seines plötzlichen Todes. Es war ihnen tatsächlich gelungen, Kontakt zu einer Schwester von ihm herzustellen, die ihrerseits, selbst alt und krank, sehr erstaunt war, zu hören, dass ihr Bruder noch lebte. Erzählt hatte er ihr nie vom Hunsrück und den Hunsrückern nie von ihr.

Seine Vergangenheit, seine Familie hielt er verborgen. Weder seine Familie noch die verschiedenen Stationen seines Lebens waren jemals Gegenstand von Gesprächen unter Freunden, sowenig wie, wann und warum er seinen Taufnamen abgelegt und sich „Igor“ genannt hatte. Tatsächlich glauben bis heute manche Menschen hierzulande, dass er ein Russe war.

Hin und wieder blitzte mal etwas auf, was seine Vergangenheit betraf, zum Beispiel bei jenem Tanz mit

Monika Timmler auf der Dorfkirmes. Mitten im Foxtrott hatte er den Tanz unterbrochen und sie mit militärischem Zack gefragt: „Weißt du eigentlich, mit wem du tanzt?“ Sie wusste es nicht. Da verriet er es ihr mit stolz geschwellter Brust: „Du tanzt mit einem Offizier der Deutschen Marine!“

Der Wahrheitsgehalt dieser Äußerung ist umstritten: Zwar war Igor bis zuletzt äußerst durchtrainiert, zwar zeigte er sich Frauen gegenüber von respektvoller Ritterlichkeit, war gekonnt zuvorkommend, außerdem war er ein ausgezeichneter Tänzer. Dazu legte er höfliche Manieren an den Tag, außer wenn er betrunken war und allen auf die Nerven fiel. Dass zur See viel gesoffen wird, ist kein Geheimnis, sowenig wie dass Alkohol auf Dauer keine Offizierskarriere begünstigt. Hatte er also auf der Dorfkirmes ein Guckloch auf seine Vergangenheit geöffnet?

Manche Leute bestreiten dies. „Er hat ein wenig auf den Putz geklopft“, behaupten sie. Andere halten es für möglich, dass auf die abgebrochene Karriere eines Offiziers zur See eine abgebrochene Karriere als Restaurator, Bühnengestalter und Galerist folgte. Niemand weiß es.

Tatsache ist: In seiner Wahlheimat auf dem Hunsrück hat er die längste und stabilste Zeit seines Lebens verbracht. Er hat sich verwurzelt und mit seinen bizarren Darstellungen praller Lebensfreude auf dem Dorf zwischen Bauern und Jägern, Haus- und Wildschweinen einen großen Fußabdruck hinterlassen. Selbst Menschen, die ihn aufgrund seines quartalsmäßig auftretenden Alkoholismus nicht besonders mochten, hüten kleine oder große Werke von Igor Ihloff wie einen Schatz: Hier eine Skizze, da ein Jahreskalender, dort eine gerahmte Malerei, auf der es auch nach Jahren noch neue Details zu entdecken gibt.

Dorffest, 1982

Tatsache ist auch: Seine erste Station nach der Trennung von seiner Familie war Hamburg. Ob er sich nun zur Marine gemeldet hat oder nicht: In Hamburg hat er seine erste Arbeitsstelle in Westdeutschland gefunden. Vielleicht kann man es so bezeichnen: Hier wurde er „entdeckt“. Sein handwerkliches Talent, die Sorgfalt seiner Arbeitsweise und dazu seine künstlerische Vorstellungskraft führten auf irgendwelchen unbekannten Pfaden dazu, dass er beim NDR als frei mitarbeitender Kulissenmaler sein Auskommen fand. Kulissen- und Bühnenmalerei führten ihn später unter anderem auch nach Zürich ans Theater und in die hessische Schicki-Micki-Metropole Wiesbaden zum ZDF. Gleichzeitig versuchte er sich als freischaffender Bohemien: Zusammen mit einem anderen Künstler unterhielt er im Bergkirchenviertel im Schatten des Edel-Kunstbetriebes eine kleine Galerie in der Nerostraße, wo sich die Aussteiger im Jazzhaus und „bei Johnny" tummelten und wo Wiesbadens Lehrer zusammen mit ihren Schülern der gymnasialen Oberstufe im dampfenden Rauch der Szenekneipen vor vollen Aschenbechern und ewig leeren Biergläsern am Tresen hockten und die neue Weltordnung der 68er Generation entwarfen.

Doch Wohnungsmiete und Kneipenszene will finanziert sein wie alles andere im Leben auch. Die Anstellung beim ZDF war nicht von Dauer, die Galerie warf nicht genug ab, und seine häusliche Ökonomie blieb im Krisenmanagement stecken.

„Kannst du mir mal 50 Mark leihen?" Das war eine Frage, die er immer öfter stellen musste. Aber er managte das Zurückzahlen immer irgendwie. Nie war er einer von der Sorte der Schmarotzer, denen ein guter Name nichts wert war.

1976 betrat er den Hunsrück zum ersten Mal. Er brauchte wahrscheinlich keinen Tag lang, um sich zu entscheiden: Raus aus den Kulturnischen Wiesbadens, rein in die Kulturnischen der damals noch durch und durch bäuerlich geprägten Hunsrückdörfer. Beltheim, Roth und Korweiler boten erste vorrübergehende Wohnstatt. Was für eine wunderbare Kulisse für seinen skurrilen Blick auf die Welt! Dazu ein schräges, unbürgerliches Umfeld auf Burg Waldeck, wo verschiedene Gruppen die Folge der 68er Generation mit ihren berühmt-berüchtigten Festivals antraten. Man war damit beschäftigt, kleine Zentren alternativen Lebens mit viel Musik und Kunst zu gründen. Genau das Richtige für einen wie ihn! Außerdem herrschte die große Freiheit. Nicht, dass es ihn nach Abenteuern gelüstete. Aber einer wie er, der außer dem Pinsel nichts so sehr liebte wie das Glas, blieb von den bürgerlichen Ansprüchen einer Großstadt wie Wiesbaden unbehelligt. Er reihte sich irgendwo ein, indem er durch zunächst handwerkliches Können, später durch künstlerisches Genie für eine halbwegs stabile Existenz sorgte, trotz exzentrischer Achterbahnfahrten die Spiralen herunter, mühselig nach oben und kopfüber wieder zurück. Er brauchte viel Zähigkeit und Beharrlichkeit, um sich nach einer seiner Sturzfahrten wieder zu berappeln! Und doch waren seine Zähigkeit und Beharrlichkeit, dazu die Nähe zur ebenso lebensklugen wie gestrengen Vermieterin „seines“ Tanzsaals über all die Jahre auf dem Hunsrück seine Lebens- und Erfolgsgarantie.

Noch war er ein Unbekannter. Als 1977 das Säulenhaus auf Burg Waldeck abbrannte, waren es andere Künstler, u.a. die Frontfrau der Kultkunst ihrer Zeit, Gertrude Degenhardt, die mit dem Erlös einiger ihrer Werke die Arbeitsgemeinschaft Burg Waldeck für den Wiederaufbau des Säulenhauses sponserten. Aber Igor gewann an Raum, erst an Zentimetern, dann an Metern, indem er sich mit Geschick an den Aufbauarbeiten des Mohrihaus einbrachte, und indem er seine unverwechselbaren szenischen Hunsrück-Bilder entwarf, die als Unikate, selten auch in kleineren Auflagen zunehmend begehrt waren. Vor allem seine Bauernkalender fanden reißenden Absatz.

Außerdem erhielt er Aufträge zur Restauration von Heiligenstatuen in zwei Dorfkirchen. Die kleinen und großen Beschädigungen arbeitete er mit großer Sorgfalt, mit ausgesprochener Liebe zum Detail wieder auf. Was er auch schuf: Er musste stolz darauf sein können, sonst war er nicht zufrieden.

Verdient hat er damit manchmal viel – manchmal wenig. Nein – zum Geschäftsmann hat er nie getaugt. Aber sein Name wurde nach und nach zum Begriff. Er wurde für Großprojekte engagiert wie z.B. die Ausgestaltung der Schmausemühle in Burgen an der Mosel 1982: Monumentale Fassadengemälde, minutiöse Innengestaltung über den Werdegang des Brotes vom Sensen des Korns über das Verbacken des Mehls bis hin zum Verkauf. Kein Detail ist ausgelassen, jede Nische des Gastraumes der Schmausemühle ist ausgenutzt für Szenen des Ochsengespanns, des Dreschens, des Schleppens von Mehlsäcken, des Eintritts in die Bäckerei. Detailgetreue Winzerlandschaft, pralle Lebenslust und hintergründiger Witz schmücken die Nebengebäude.

Man kannte seinen Namen jetzt überall. Er war angekommen.

Drastischer nahmen sich seine Hunsrück-Fantasien aus: Als eine Treibjagd bei Sabershausen zum Alptraum geriet, weil die Wildschweine, anstatt den Jägern vor die Flinten zu laufen, in Panik durch das Dorf rannten, ernteten die Jäger großes Gelächter. Das Dorf stand Kopf, und einige Bauern gerieten in Wut, packten ihre Mistgabeln und wollten so den Schweinen zu Leibe rücken. Was für ein gefundenes Fressen für Igor! 1985 entstand sein monumentales Bild der Szene als Deckengemälde für Josef Wendlings Gastwirtschaft, das mittlerweile umgezogen ist und heute die Grillhütte von Sabershausen ziert.

„Jagdszenen in Sabershausen", 1985

Inzwischen hatte er nach verschiedenen Versuchen, in einem der Dörfer dauerhaft zu wohnen, seine besondere Bleibe gefunden, ein Haus wie eigens auf ihn zugeschnitten: In Eveshausen fand er die verwitwete Gisela Hupperts. „Frau Hupperts", so sprach er sie über 20 Jahre lang an, und sie nannte ihn nie anders als „Herr Ihloff". Sie war die ehemalige Gastwirtin „Zur Post". Im kleinen zentralen Lokal des Hundert-Seelen-Dorfes gab es im oberen Stockwerk einen jener alten Tanzsäle, in der die 50er-Jahre-Nachkriegs-Dorfjugend sich zu ihren wöchentlichen „Tanzvergnügen" mit Life-Musik traf. Auch die jungen Männer des Nerother Wandervogels, die sich auf Burg Waldeck ihr regelmäßiges Stelldichein gaben, schätzten Frau Hupperts' Gastfreundlichkeit. Bis Eveshausen waren es ja nur 5 Kilometer Fußmarsch, ein Katzensprung! Die Gitarren huckepack wanderten sie durch den Wald, machten Station im Gasthaus, spielten und sangen. Und schließlich organisierten die Liebhaber des Dudelsacks hier einige internationale Treffen: Aus mehreren europäischen Ländern versammelten sich ca. 30 Musiker alljährlich mit Sackpfeifen und anderen archaischen

Instrumenten tatsächlich genau hier, wo Fuchs und Has sich heute noch Gute Nacht sagen. Sie waren nicht zu überhören! Solange es hell war, spielten sie, indem sie gravitätisch im Gänsemarsch an Eveshausen entlang marschierten, und nachts – was zuviel ist, ist zuviel – verzogen sie sich hinauf in Frau Hupperts' Tanzsaal.

Für Igors Künstlerseele war diese Parade der langsam stolzierenden Männer mit den dicken Backen ein gefundenes Fressen! Er malte sie, wie er sie sah: Auf Schnecken reitend ziehen sie durch die Flur Richtung Dorf, vorbei an einem Bauern, der es sich im Schatten einer Föhre gemütlich gemacht hat.

Die Musiker kommen
Eveshausen 1981

Es kam der Tag, da war das letzte „Auld Lang Syne" in Eveshausen verklungen, Der Tanzsaal drohte zu verwaisen. Das war der Moment, in dem Igor und Frau Hupperts beschlossen, dass er dort einziehen könnte, und so geschah es. Er trennte den Raum in ein Zimmer mit kaum mehr als Bett und Tisch; nach und nach sollten sechs Kühlschränke dazu kommen, die er mit den Vorräten bestückte, die per Fahrrad heranschaffte. Er legte Rohre und baute sich ein Waschbecken mit Boiler; so war auch für die Körperhygiene gesorgt. Die andere Hälfte des Raums bestückte er mit Pinseln, Farben und Leinwänden sowie mit einem Tapeziertisch. Er stellte ein altes Ölfass in den hinteren Winkel, aus dem er unten und mittig Stücke heraus schnitt. Mittels einer komplizierten Vorhängekonstruktion verschloss er die entstandenen Löcher wieder. Sodann legte er ein Ofenrohr und stopfte Holz ins Fass. Fertig war der Bollerofen für den Winter. Besorgte Freunde schlugen die Hände über dem Kopf zusammen, boten ihm solide gebaute Öfen an. Aber Igor ließ sich nicht beirren. Es war schließlich einer seiner treuesten Gönner, „Pancho" aus Dommershausen, der sich der Sache annahm und wenigstens so etwas wie fest verschließbare Türen am Fass anbrachte, dazu die eine oder andere Sicherheitsmaßnahme vornahm. Die Toilette befand sich wie in den Zeiten des Tanzsaals stockabwärts unten über den Hof und bot außer einer „modernen" Schüssel hinter einer Tür wenig mehr als eine Rinne für die kleinen Alltagsbesorgungen.

Ein Lebensstandard wie aus dem Anti-Bilderbuch! Doch Lebensstandard brauchte er nicht. Bürgerliches Umfeld scheute er nach Prenzlau, Hamburg und Wiesbaden wie der Teufel das Weihwasser. Was er brauchte, waren die Nischen der Gesellschaft, waren Menschen wie Frau Hupperts, die seinen dunklen Seiten Grenzen zu setzen wusste. Es waren Menschen im Umfeld der Burg Waldeck, und vor allem Menschen, die seine Malereien schätzten: Künstlerkollegen wie „Joyce“, Auftraggeber wie Josef Wendling aus Sabershausen oder „Pancho“ und natürlich Monika und Harald Timmler aus Schnellbach, deren Gasthaus als „Igor-Kapelle“ zur kleinen Attraktion der Region geworden ist.

Skizze: Entwurf zum Fassadengemälde der „Igor-Kapelle“ im Haus am Schnellbach, 1980

Monika und Harald Timmler verziehen ihm seine exzentrischen Ausfälle, soweit es eben ging. Einhundert Bilder hat Igor seinem Freund Harald zu dessen rundem Geburtstag geschenkt – Bilder voller verschmitztem Charme und gleichzeitig drastisch-derb. Ein Teil dieser Werke wurde 2006 in der Ausstellung des Hunsrück-Museums im Schloss von Simmern gezeigt.

Im „Haus am Schnellbach" erhielt Igor die Gelegenheit, seine Fantasien einer grotesk-harmonischen Hunsrück-Welt, wo der Bauer und der Jäger, das Vieh, das Wild und der Koch in Symbiose zu leben scheinen, wahrhaft auszutoben! „Igor-Kapelle" – so nennt man den Ort, dessen Tresen und Treppenhausfassade über und über bemalt sind. Über allem schwebt zwischen den Buchen des Waldes – ein Traum von Himmelbett, Sehnsuchtsort für Gast und Koch, Jäger und Bauer! Oder doch – für den Künstler selbst?

Eins seiner herrlichsten Werke zeigt den Koch Harald Timmler mit erhobenem Tablett in seiner Küche, umringt von Skat spielenden Schweinen, scharf beäugt von Miss Piggy mit dichten Wimpern über den strahlenden Augen. Das zum Servieren vorbereitete Schwein auf dem Tablett über dem Kopf des Kochs scheint mit seinem Schicksal nicht zu hadern, strahlt im Gegenteil zufriedene Harmonie aus:

Wenn er arbeitete, trank er nicht. Und wenn er trank, arbeitete er nicht. Er fand seine Balance nicht in der Mitte, sondern im Hin und Her zwischen den Extremen.

Vielleicht brauchte er die Herausforderung, um sich immer wieder am Riemen zu reißen: Mit Rucksack und Packtaschen machte er sich auf dem Fahrrad, irgendwoher jemandem gegen ein paar Mark vom Hof getauscht, von den Höhen hinunter, um das Notwendige zu kaufen. Als er noch im Bereich von Beltheim und Roth wohnte, radelte er nach Kastellaun. Ein Weg, der ihn ausschließlich über eine nicht ungefährliche Autostraße voller Serpentinen führte. Von Eveshausen zog er den alten Postweg nach Lütz vor, von dort aus

Harald Timmler in seiner Küche

ging es weiter auf dem Fahrradweg an der Mosel entlang nach Treis-Karden. Mit zum Platzen gefüllten Packtaschen und Rucksack musste er den ganzen Weg zurück, ein paar Kilometer entlang der Mosel, dann zurück auf die Höhen, vorher in Lütz noch eine flüssige Stärkung. Soviel wie sein Portemonnaie und seine zwei oder drei von sechs noch funktionierenden Kühlschränke vertragen konnten, schleppte er in Packtaschen und Rucksack nach oben. Der steile, je nach Wetter schlammige, rutschige, 5km lange Weg durch den Wald von Lütz hinauf nach Eveshausen allein kostet den normalen Fußgänger, schwer beladen und bei Tageslicht, eine Wegstunde.

Vorläufig waren das ja Ausnahmen, die er nur alle paar Wochen bewerkstelligen musste. Solange er genügend Aufträge erhielt, fand er auch genügend Auftraggeber, bei denen Kost und Logis für eine Weile garantiert waren. Willkommene Abwechslung zum Tanzsaal und zu Frau Hupperts.

Außer dem, was er verdiente, wollte er nichts annehmen. Als sein Freund Pancho ihm vorschlug, Sozialhilfe zu beantragen, um die Extreme zwischen vollen und leeren Taschen ein wenig abzumildern, widersprach er voller Entrüstung: „Ich nehme doch keine Almosen!" Wahrscheinlich wäre ihm ein regelmäßiges Mindesteinkommen von 200,- DM zu Monatsbeginn auch gar nicht gut bekommen: Er hätte das Geld versoffen, dafür weniger arbeiten können, und er hätte ein ewig schlechtes Gewissen gehabt, dafür, dass er das, was er konsumierte, nicht selbst erarbeitet hatte. Sein Selbstbewusstsein als frei schaffender Künstler brauchte die Unabhängigkeit und den Stolz auf die eigene Leistung.

Jedoch: je älter er wurde, desto schwieriger wurde es für ihn als Künstler. Zu oft nahm das Schielen nach Alkohol zu großen Raum ein. Desto weniger hat er sich beliebt gemacht. „Wie siehst du denn aus?" fragte er, recht umnebelt, in seiner unverwechselbaren kindlichen Art den Freund seines Gastgebers auf einer Feier. Jener Freund trug kurze Haare über einem auffallend langen Gesicht mit ungewöhnlich großen Augen und

Ohren. Das Gesicht schien ihn zu faszinieren, er starrte es aufmerksam an. „Du siehst ja schrecklich aus!“, befand er schließlich.

Nicht jeder konnte mit so viel Unbefangenheit umgehen. Im besten Fall drehte man ihm den Rücken zu, gelegentlich warf man ihn hinaus. Er aber radelte vergnügt nachhause und malte ein neues Bild im Tanzsaal von Frau Hupperts.

Ganz sicher war Frau Hupperts für ihn die wichtigste Frau im Leben nach seiner Mutter. Sie war 17 Jahre älter als er, rüstig und nicht auf den Mund gefallen. 20 Jahre lang bewerkstelligte sie, was sonst niemand haben wollte: Sie ertrug den exzentrischen Künstler als Mieter. Sie zankte ihn aus, dass einem Hören und Sehen vergehen konnte, hielt dennoch Distanz, blieb im Alltag mit „Herrn Ihloff“ korrekt. Manchmal geriet er in Wut über ihr Geschimpfe, schimpfte seinerseits über „die Alte“ und wäre am liebsten sofort ausgezogen. Dennoch grüßte er sie am nächsten Morgen wieder mit höflichem Respekt. Die mit allen bäuerlichen Tugenden ausgestattete Gastwirtin des Hunsrück-Dorfs und der ewig am Abgrund tanzende Künstler aus der Stadt: größer konnte der Unterschied zwischen ihnen nicht sein! Und doch: Sie hatten sich gesucht und gefunden. Als sie auf die 80 zuging, hat er ihr geholfen, wie er es eben konnte: Er hackte das Holz, besorgte Hofarbeiten und war da, wenn sie gestürzt war und aus ihrer Stube um Hilfe rief

Mit 81 Jahren starb Frau Hupperts im Jahre 2001. Mit ihrem Tod knickten die Eckpfeiler seiner brüchigen Existenz in sich zusammen. Das Kind war über Nacht mutterlos geworden. Wer konnte ihm jetzt noch „G’Morje“ wünschen, die Toilette sauber halten, wer sicherte seine Bleibe?

Vollkommen alleine gelassen versuchte er, 64 Jahre alt, so weiterzumachen wie bisher. Aber der Verkauf des Fachwerkhauses stand an. Trübe Aussichten für ihn und seinen Tanzsaal. Periodisch malte er wie ein Besessener, vor allem kleinere Bilder, die er leicht transportieren konnte, und zum Jahresende hin die Bauernkalender. Dann wieder trockneten seine Pinsel ein, während er selbst sich immer mehr verflüssigte.

Er strampelte sich ab, zwischen Eveshausen und Lütz. Zwar fand er in Lütz hilfreiche Menschen, die ihm über das Gröbste halfen, die zum Beispiel die weite Fahrt um das Tal herum auf sich nahmen, um ihn samt seiner Einkäufe nachhause zu bringen. Hin und zurück war man für diese Tour gut dreiviertel Stunde unterwegs! Er revanchierte sich mit Skizzen. Aber als zukünftigen Mieter wollte ihn in Lütz niemand einziehen lassen.

Am 12. Februar 2002 schenkte Pancho ihm ein gebrauchtes Fahrrad, stabil, mit Licht, funktionierender Gangschaltung und gutem Profil auf den Reifen. Damit machte Igor sich am nächsten Tag auf, um Proviant zu kaufen. Es war ein warmer, aber sehr stürmischer Tag inmitten einer Regenperiode, Laub und Schiefer auf dem Weg waren rutschig, der Lützbach, der sonst flink, aber niedrig durch Lütz plätscherte, war über die Ufer getreten und rauschte gewaltig durch sein enges Bett. Als Igor, die Satteltaschen voll und mit einem riesigen Rucksack auf dem Rücken aus Treis-Karden zurück kam und Lütz erreichte, dämmerte es bereits, doch hatte er keine Eile. Er hatte eine Schaffensperiode hinter sich, hatte gut verkauft und also Geld in der Tasche und so machte er Halt in der Straußmühle, wo er aß und sich betrank.

Als er dort kein Glas mehr bekam, schob er sein neues Fahrrad bis hinauf zum Gasthaus „Zur Post“. Dort weigerte sich die Wirtin ebenfalls, ihm Alkohol zu servieren, stattdessen gab es Wasser. Trotzdem blieb er sitzen. Zu schwer die Satteltaschen und der Rucksack, zu schwer der Weg die fünf Kilometer hinauf nach Eveshausen!

Es war kurz nach Mitternacht, da machte er sich auf. Er schob das Rad die Schnellbachstraße entlang bis zur letzten der 17 Brücken, die in Lütz über den Bach führen. Dort stellte er sein Fahrrad ordentlich an einen Baum, bevor er sich die Blase erleichtern wollte. Auf den Gehweg pinkeln – dazu war er zu anständig. Auch wäre es ihm niemals eingefallen, von der sicheren Brücke herunter ins Wasser zu schiffen. Nein, solcherlei Primitivitäten waren ihm fremd, selbst dann, wenn er nicht mehr nüchtern war.

Er trat an das Bachufer. Er rutschte ab, stürzte in die meterhohe Strömung.

Der schwere Rucksack drückte ihn unter Wasser. In verzweifeltem Überlebenskampf schaffte er es noch, ihn abzustreifen. Man fand den Rucksack einige Meter weit abgetrieben im Bach. Ihn aber sah am Morgen des 14. Februar ein Schulkind vom Bus aus an einer Reuse hängen. Über anderthalb Kilometer hatte der rasende Lützbach ihn mitgeschwemmt, unter allen Brücken hindurch, wieder zurück zur Straußmühle, wo er am Vorabend lustlos, unwillig und viel zu spät aufgebrochen war. Die Polizei kam und tat das Übliche, sein Tod verbreitete sich wie ein rasch kriechendes Lauffeuer. Von

Eveshausen über den Hunsrück, bis nach Stuttgart und bis nach Aachen, dann auch bis zurück nach Prenzlau.

Er war weder Kirchgänger noch besonders fromm in dem Sinne, dass er täglich betete oder christliche Veranstaltungen besuchte. Andererseits ist er nie aus der Kirche ausgetreten. Dazu hätte er ja vielleicht Grund gehabt, mit seiner desaströsen Ökonomie, dem immer unsicheren Budget. Aber weder ist es ihm eingefallen, „Geld sparen“ zu wollen, noch wollte er „alimentiert“ werden. Man fand ihn auch nicht in den Reihen derer, die eine Macht höher als menschliche Vernunft verleugneten oder gar verhöhnten. Im Gegenteil: Die eigene Freude am Erschaffen einer immer wieder neuen, schräg-vergnüglichen Welt, die ihren eigenen Gesetzen zu folgen scheint, sowie das Staunen über eine Schöpfung, über die er sich Gedanken machte, und schließlich sein eigenes Chaos, das er zwischen Hunsrücker Alltag und Hunsrücker Himmel immer wieder mit äußerster Anstrengung bewältigen musste, ließen ihn nachdenken: „Da oben muss es einen geben, der dies alles ordnet.“

Igor erhielt ein feierliches christliches Begräbnis auf dem kleinen Friedhof von Eveshausen. Sein Grab erhielt er an der Seite der Frau Hupperts. Wie ein altes Ehepaar liegen Herr Ihloff und Frau Hupperts nebeneinander, man munkelt, dass sie sich heute immer noch jeden Morgen aus ihrem Grab heraus die Hand reichen, um sich zu begrüßen, so wie sie es immer getan haben: „Guten Morgen, Frau Hupperts!“ „G’morje, Herr Ihloff!“.

Möglich ist aber auch, dass er in jenem Himmelbett liegt, das in der Igor-Kapelle zwischen den Buchen hängt. Von dort aus hat er einen guten Ausblick auf den Hunsrück, so wie er ihn erschaffen hat.

Dank

Auch für Band 3 standen mir wieder viele Menschen zur Verfügung, die mir erzählen konnten, was sie wussten oder mir das Nötige aus den Archiven heraussuchten, oder die als kenntnisreiche Kritiker die Erzählungen bereicherten.

Unbürokratische und schnelle Hilfe erhielt ich aus der VGV Kirn von **Dennis Winter** mit Texten zu den Herren der Heinzenburg und mehr. Die Chronisten **Dieter Diether** (Rheinböllen) und **Anita Krämer** (Riesweiler) unterstützten mit ihrem Expertenwissen die Arbeit an Kisselbach und am „Eremiten vom Räzebore“. **Stephan Rogall** verriet mir, wie sein Urgroßvater die Weihnachtskrippe für einen oder zwei Tage zum Glitzern brachte.

Die Nachfahren der frühen Bewohner der Waldhüttensiedlung in Damflos, allen voran der Chronist **Berthold Bouillon** und auch **Gerd Keller**, ergänzten die Erzählung mit ihrem Spezialwissen und Ergebnissen aus der Ahnenforschung. Auf die Anekdote über die „Herrsteiner Bertha“ wäre ich ohne die Führung von **Winfried Walg** nicht gekommen, ohne den Kenntnisreichtum von **Wolfgang Hey** fehlte es ihr an Details. Und ohne die **nette Henne** von **Peter Heinz**, beide aus Gödenroth, die pünktlich vor dem Layout noch ein Ei legte, wäre Bertha womöglich leer ausgegangen (vgl. S. 87).

Zu Igor Ihloff teilten viele Zeitgenossen ihre Erinnerungen mit und halfen mit ihren Originalen, die sie zur Verfügung stellten: **Ingrid und Ernst „Pancho“ Ripka** (damals Dommershausen), **Franz Josef Wendling** (Sabershausen), **Harald und Monika Timmler** (Schnell-

bach) und **Mike und Cosima Düß** (Dorweiler).
Dann ist da noch **Konrad**, 10 Jahre alt, aus meiner Nachbarschaft. Weil mir meine Grafikerin ausfiel, geriet ich in Not. „Mein Opa kann toll zeichnen! Der hat das gelernt!“, versicherte er mir, und so kam es, dass der Grafiker **Herbert Kaufmann** (Kastellaun) kurzfristig einsprang und so akribisch wie selbstlos die Erzählung über Kisselbach illustrierte.
Besonders herzlich fühle ich mich **Heinz Meurer** aus Löffelscheid verbunden, der mit mir in minutiöser Kleinarbeit die Erzählung vom „Stern für Margaretha“ aus Dokumenten, Erinnerungen und Erzählungen herausgearbeitet hat. Eine sehr schöne gemeinsame Arbeit an einer außergewöhnlichen Familiengeschichte!

Literatur

Zu Wilhelm von Heinzenberg
Ingo F. Walther (Hrsg.), Sämtliche Miniaturen der Manesse-Handschrift, Verlag Dr. Rudolf Georgi GmbH & Co. KG, Aachen 1981, Tafel 51

Werner Zwiebelberg, Die Familie mit dem Rinck. Das Dynastengeschlechte der von Heinzenberg zu Heinzenberg, in: **Landeskundliche Vierteljahresblätter,** Hrsg. Trierer Gesellschaft für nützliche Forschung und den landeskundlichen Arbeitsgemeinschaften in den Regierungsbezirken Trier und Koblenz sowie der Arbeitsgemeinschaft für Heimatgeschichte des Nahe-Hunsrück-Raumes, Jahrgang 10, März 1964, Heft 1, S. 23-34, Trier

Werner Zwiebelberg: Die Burg Heinzenberg, in: **Hunsrücker Heimatblätter,** Hrsg. Hunsrücker Geschichtsverein, Jahrgang 2, März 1962, Nr. 2, S. 12-14
Richard Zoozmann, Der Herrin ein Grüßen. Deutsche Minnelieder aus dem zwölften bis vierzehnten Jahrhundert, ausgewählt und nachgedichtet von Richard Zoozmann, Leipzig 1915, S. 183

Zu Kisselbach
Dr. Michael Frauenberger: Die Bewohner des Oberamtes Simmern 1600-1720. Hrsg. Schriftenreihe des Rhein-Hunsrück-Kreises Nr. 1, Teil 1 und Teil 2, 1983
Dieter Diether: Kisselbach - Leben im Diesseits und Jenseits. Das Dorf mit den zwei Geschichten. Hrsg. Ortsgemeinde, Kisselbach, 2003.

Zu Damflos
Berthold Bouillon/Hans Georg Rosar: Damflos. Die Geschichte eines Waldhüttendorfes. Hrsg. Gemeinde Damflos, 1990

Hermann Arnold: Soziale Isolate im Mosel-Saar-Nahe-Raum. Veröffentlichungen des Instituts für Landeskunde des Saarlandes Nr. 10, Saarbrücken 1964
Hermann-Josef Braun: Das Eisenhüttenwesen des Hunsrücks, 15. Bis Ende 18. Jahrhundert. Trierer Historische Forschungen Band 17, 1991

Zum Eremiten vom Räzebore
Anita Kraemer (Hrsg.), **Der Räzebore**
Vergangenheit und Gegenwart, Legende und Wahrheit einer historischen Stätte im Soonwald. Pandiom-Verlag Simmern, 2012

Bildnachweise

Seite 12	Bushaltestelle Heinzenberg,
Seite 19	Manesse-Handschrift Tafel 51
Seite 31+45	© Herbert Kaufmann, 2019
Seite 48	Johann Christoph Hetzel, Mai 1744, LHK-Bestand 702 Nr. 594, entnommen dem Einband der Chronik von Damflos
Seite 53	Bernhard Edelmann, 1923, entnommen der Chronik von Damflos, S. 139
Seite 59	© Claus Dierking, Wendelstein
Seite 64	Skizze in Anlehnung an das Wappen von Damflos
Seite 69-96	© Laura Willems, 2019
Seite 87	© Leona Riemann
Seite 102	© Die Druck-Fabrik, Marcus Spiel
Seite 116	© Heinz Meurer, Löffelscheid

Originale von Igor Ihloff:

Seite 121+125	Besitz und © Franz Josef Wendling, Sabershausen
Seite 126	Besitz und © Mike und Cosima Düß, Dorweiler
Seite 128-136	Besitz und © Monika und Harald Timmler, Schnellbach